莫泊桑
中短篇
小说全集

CONTES ET
NOUVELLES DE
GUY DE MAUPASSANT

莫泊桑中短篇小说全集

CONTES ET
NOUVELLES
DE GUY DE
MAUPASSANT

左手
La Main Gauche

〔法〕莫泊桑 ◆ 著   张英伦 ◆ 译

人民文学出版社

Guy de Maupassant
CONTES ET NOUVELLES DE GUY DE MAUPASSANT

图书在版编目（CIP）数据

左手／（法）莫泊桑著；张英伦译．－－北京：人民文学出版社，2025．－－（莫泊桑中短篇小说全集）．
ISBN 978-7-02-019052-2

Ⅰ．I565.44

中国国家版本馆 CIP 数据核字第 2024FN2157 号

吉·德·莫泊桑
Guy de Maupassant
1850—1893

译者摄于法国诺曼底
格兰维尔-伊莫维尔莫泊桑故居

张英伦

作家、法国文学翻译家和研究学者、中国作家协会会员、旅法学者。

◆ 一九六二年北京大学西语系法国语言文学专业本科毕业。一九六五年中国社科院外国文学研究所研究生毕业。曾任中国社科院外国文学研究所研究生导师、外国文学函授中心校长、中国法国文学研究会常务副会长、法国国家科学研究中心研究员。

◆ 著作有《法国文学史》（合著）、《雨果传》、《大仲马传》、《莫泊桑传》、《敬隐渔传》等。译作有《茶花女》（剧本）、《梅塘夜话》、《莫泊桑中短篇小说选》、莫泊桑中短篇小说分类五卷集、《奥利沃山》等。主编有《外国名作家传》、《外国名作家大词典》、"外国中篇小说丛刊"等。

保尔·奥朗道尔夫插图本《左手》卷封面

La Main Gauche

Par Guy de Maupassant

Librairie Paul Ollendorff (1903)

Illustrations d'Alméry Lobel-Riche

Gravées sur bois par Georges Lemoine

本书根据法国保尔·奥朗道尔夫出版社出版的
插图本莫泊桑全集《左手》卷（1903）翻译

插图画家：阿尔梅利·罗贝尔 - 利什
插图木刻家：乔治·勒姆瓦纳

译者致读者

吉·德·莫泊桑（1850—1893）是十九世纪法国文坛一颗闪耀着异彩的明星，他的《一生》《漂亮朋友》等均跻身世界长篇小说名著之林，而他的中短篇小说创作尤其成就卓著，影响广泛且深远，为他赢得"短篇小说之王"的美誉。

莫泊桑的中短篇小说深深植根于现实的土壤，题材广泛，以描摹他那个时代法国社会风俗为主体，人生百态尽在其中。对上流社会的辛辣批判和对社会底层的诚挚同情，是贯穿其中令人瞩目的主线。他慧眼独到的观察，妙笔生花的细节描写，在法国后期现实主义小说创作中出类拔萃。发扬法国文学的悠久传统，他的小说作品，无论挞伐、针砭、揶揄、怜悯，喜剧性手法是其突出的特色。

莫泊桑的中短篇小说，绝大部分首先发表于报刊，之后收入各种莫氏作品集。仅作家在世时自编的小说集就有十五种之多。

后世出版的莫泊桑作品集,影响最大的当推保尔·奥朗道尔夫出版社出版的《插图本莫泊桑全集》(1901—1912)。这套全集里的中短篇小说部分共十九卷,其中的十五卷篇目和目次均与莫氏自编本相同,即:《山鹬的故事》(1901)、《密斯哈丽特》(1901)、《菲菲小姐》(1902)、《伊薇特》(1902)、《于松太太的贞洁少男》(1902)、《泰利埃公馆》(1902)、《月光》(1903)、《图瓦》(1903)、《奥尔拉》(1903)、《小洛克》(1903)、《帕朗先生》(1903)、《左手》(1903)、《白天和黑夜的故事》(1903)、《无用的美貌》(1904)、《隆多利姐妹》(1904);另有四卷为该出版社补编,即:《巴黎一市民的星期日》(1901)、《羊脂球》(1902)、《米隆老爹》(1904)、《米斯蒂》(1912)。这十九卷共收莫泊桑中短篇小说二百七十一篇。

我现在译的这部《莫泊桑中短篇小说全集》是以奥版《插图本莫泊桑全集》上述十九卷为蓝本,另将奥版未收的三十五篇作为补遗纳入十九卷中的九卷;迄今发现的三百零六篇莫氏中短篇小说尽在其中,并配以奥版的部分插图,可谓图文并茂。我谨将它奉献给我国无数莫泊桑作品的热情爱好者。

最早的小说集《左手》由保尔·奥朗道尔夫出版社出版于一八八九年，为莫泊桑亲自选编，共收小说十一篇；奥版插图本保持了该版选目。我译的这卷《左手》共有十六篇，前面十一篇是奥版插图本的完整再现，后面五篇选自奥版未收的篇目。

收在《左手》的作品有五篇是首先在《巴黎回声报》上发表的。这家日报在一八八九年一月五日和二十二日先后刊载了《奥托父子》和《布瓦泰尔》；随后，编者就在一月二十九日的按语中欣喜地宣布前两篇小说"获得了巨大的成功"。

的确，这两篇小说都会令读者眼前一亮。在《奥托父子》里，老奥托丧偶以后没有再娶，但在外面有一个相爱的女人，甚至生了一个孩子；这"非法"的情况并没有引起纠纷，还得到小奥托的理解，全篇洋溢着人间真情，这和莫泊桑关于男女关系的大量揭露性作品形成鲜明的对照。《布瓦泰尔》中一对真诚相爱的青年的婚姻遭到父母反对，只因女孩是黑人，这不禁让人想起莫泊桑在一八八一年发表的题为《丢脸的偏见》的文章中所说："人们用那些大话培养了我们，用那些偏见教育了我们，用那些关于婚姻的思想造就了我们。"

他的作品没有停止过反对种族偏见的斗争。

《阿鲁玛》和《一个晚上》为这部小说集更添了非洲的异域色彩。一八八一年和一八八八年,莫泊桑两度去非洲旅游,极大地增进了他对这些法国殖民地人民的了解和感情,他写了很多文字表达他的同情。这两个中篇小说都涉及女性,不过,在《阿鲁玛》中,土著姑娘阿鲁玛虽然离开了"我",正如莫泊桑在游记《漫游生活》中谈到非洲女性所写的:"这些美丽而又热情的女人却不能领会我们的柔情。她们淳朴的心灵与我们多愁善感的情怀格格不入,她们的吻激不起梦幻。"但莫泊桑无情挞伐的还是《一个晚上》的法国社会里那种虚情假意的女人。

在其他的佳作里,特别发人深思的是《港口》。在气氛浓烈的低级小酒馆的淫窟里,透过兄妹乱伦的悲剧,控诉的是那个对广大下层民众来说犹如苦海般的社会。

张英伦

二〇二二年六月三十日

目 录

阿鲁玛	001
奥托父子	045
布瓦泰尔	073
勤务兵	091
兔子	101
一个晚上	119
大头针	155
迪舒	169
约会	185
港口	201
死去的女人	221
病人和医生	235
遗赠	249
健康旅行	263
一个旅行者的笔记	277
回忆	289

阿鲁玛[*]

* 本篇首次发表于一八八九年二月十日至十五日的《巴黎回声报》;同年首次收入保尔·奥朗道尔夫出版社出版的莫泊桑小说集《左手》。

1

一个朋友对我说过："你去阿尔及利亚旅行的时候，如果碰巧从埃巴巴堡附近经过，请去看看我的老伙伴奥巴勒，他是那里的侨民。"

当我极其偶然地来到他家的时候，我已经忘了奥巴勒这个名字和埃巴巴这个名字，而且几乎没有想到这个侨民。

一个月以来，我一直在从阿尔及尔①到舍尔沙勒、奥尔良维尔和提亚雷特②这个景色宜人的地区徒步漫游。这个地区的景象因地而异，它同时既繁茂又赤裸，既雄伟又亲切。

---

① 阿尔及尔：阿尔及利亚的首都，地中海阿尔及尔湾西岸的港口。
② 舍尔沙勒、奥尔良维尔、提亚雷特：阿尔及利亚西北部的几个小城市。

两座高山间的峡谷里，可以遇到深深的松树林，冬季激流翻滚。巨大的树倒在沟壑上，被阿拉伯人当作桥，也同样被藤本植物利用，绿藤缠绕在枯树干上，为它们增添几分新的生机。在深山人迹罕至的褶皱里，一些谷地美得令人惊叹；一些溪流的平缓的岸边覆盖着欧洲夹竹桃，美得无法想象。

但这次旅行给我留下的最亲切的记忆，还是午后在崎岖的山坡上，沿着树影稀疏的道路辗转奔波。在山坡上驰目远望，从蓝色大海到山顶披着特尼埃-哈德雪松的鲁瓦尔瑟尼斯山脉，这辽阔起伏的红棕色地区尽收眼底。

那一天我迷路了。我刚刚爬上一座山顶，从那里越过连绵的山丘，可以眺见长长的米蒂迦平原；平原后面又是一连串的高山，远得几乎看不见的山峰上有一座人称"女基督徒墓"的奇特纪念物，据说是毛里塔尼亚一个王族的陵墓。我重又下山向南走，只见在我的前方，直到一带犹如沙漠门槛的高耸入云的峰峦，是一个凸凹不平的浅黄褐色的地带，就像用许多张缝合起来的狮子皮把所有的山丘都蒙了起来；有时山丘之间有一个更高的尖而黄的隆起，荆棘丛生，就像驼毛蓬乱的驼峰。

我在山坡的羊肠小道上迈着轻快的步子往前走。在高山的清新空气里敏捷地行走，没有一点沉重的感觉；无论是身体、内心、思想还是情绪，都没有一点沉重的感觉。那一天，平常压迫和折磨生命的一切，我一点也感觉不到了，感到的只有这下山的快意。忽然，我看见远处有一些阿拉伯人的宿营地，褐色的尖顶帐篷像海贝趴在岩石上一样趴在地上；还有一些树枝搭成的简陋小屋，冒着灰色的炊烟。白色的人影，有男的也有女的，在缓慢地走动；羊群的铃铛声，在夜晚的空气里隐约回响。

沿途的野草莓树被满载的紫红色果实压弯了腰，把一些果子撒落在路上；就像受难树流着血的汗水，每个枝头都挂着血滴似的红果子。

野草莓树周围的地面上落满了这苦难的雨滴；脚踩过野草莓果，地上就留下凶杀的痕迹。有时路过一棵野草莓树，我会轻轻一跳，摘几粒最熟的果子吃。

此刻，所有的小山谷都充满金黄色的雾霭，像从牛的两肋慢慢升起的水汽；而在封闭撒哈拉大沙漠边缘的群山上，天空就像弥撒经中描绘的那样在熊熊燃烧。一道道金光和一缕缕血迹相间——又是血！血和金，这就是整个人类的故事——有时金光和血迹之间留出一个很窄的空隙，露出一片暗绿色的天空，像梦一样无限遥远。

啊！我离得多么远啊！我远离一切事和一切人，远离人们在林荫大道①周围忙碌的一切，也远离我自己，变成一个无所用心、无所思虑的生命，一双所经之处只会看、喜欢看的眼睛。我还远离了我的路，那条我不再想着的路，因为将近夜晚的时候，我发现我迷路了。

夜色像黑色的大雨倾泻在大地上，我前面什么也看不见，只有看不到尽头的群山。我发现一条小山谷里有一些帐篷，便下山来到那里，试着让第一个遇见的阿拉伯人明白我在寻找的方向。

他是不是猜到了我的意思？我不知道，但是他回答了很久。而我呢，我一点也没懂。我真的绝望了。正当

---

① 此处指巴黎市内从巴士底广场到玛德莱娜广场的几条连续的林荫大道，十九世纪末曾是巴黎最时尚和繁华的地带。

我决心裹着一条毯子在宿营地旁边过夜的时候，我从那个人嘴里吐出的稀奇古怪的词中似乎听出"埃巴巴堡"这个词。

我连忙重复道："埃巴巴堡，是的，是的。"

我拿出两个法郎给他看，这可是一笔财富。他立刻往前走起来，我跟着他。啊！我跟他走了很久。在深深的黑夜里，这白衣幽灵走在我前面，在石头小路上赤着脚快步如飞，而我却不停地磕磕绊绊。

突然看到一点闪烁的灯光。我们来到一座白房子的门前。那是一座小堡垒似的房子，陡直的高墙没有朝外开的窗户。我敲了一下门，里面有几只狗叫起来。一个人用法语问："谁呀？"

我回答：

"奥巴勒先生住在这儿吗？"

"是的。"

门开了，我面对的正是奥巴勒先生，一个高大的金色头发的年轻人，穿着旧拖鞋，叼着烟斗，一副性情温和的大汉子的神态。

我报了自己的名字，他伸出两手，说："欢迎欢迎，先生。"

一刻钟以后，我已经坐在主人的对面，狼吞虎咽地吃起晚饭来；而他继续抽他的烟斗。

他向我讲述他的经历。他在女人身上挥霍了很多钱以后，把剩下的投在阿尔及利亚的土地上，种葡萄。

葡萄园经营得很好，他很开心，一副志得意满、乐天知命的样子。我不理解，这个巴黎人，这个一向吃喝玩乐的人，怎么能习惯在如此孤寂的环境里过这种单调的生活，于是问他：

"您在这儿多长时间了？"

"九年了。"

"您不感到闷得慌吗？"

"不，您在这个地方生活久了，就会喜爱上它。您也许无法想象，这地方是怎样通过连我们自己都不了解的那些微小的动物本能把我们吸引住的。首先是我们的器官依恋上它，因为它能悄悄地给我们以满足，我们甚至不会去探究是怎么回事。不管我们乐不乐意，它的空气和气候能征服我们的肉体。而它用来浸透我们肉体的欢快的阳光，只需很少的成本，就能让我们精神晴朗和愉悦。这阳光透过我们的眼睛不停地涌入我们的身体，就好像它真的在清扫我们灵魂的每一个阴暗的角落。"

"可是女人呢?"

"啊!……那就有一点欠缺了。"

"仅仅是一点吗?"

"我的天主,是的……是一点,因为即使在部落里,也总可以找到一些梦想和鲁米①过夜的百依百顺的土著女人。"

他转过脸去看着正在伺候我的那个阿拉伯人,一个褐色头发、黑眼睛在缠头巾下闪亮的小伙子,对他说:

"穆罕默德,你去吧,需要你的时候,我会喊你。"

然后,他对我说:

"他懂法语,在我现在要给你讲的故事里,他扮演一个重要的角色。"

那个人一走,他就讲起来。

我来这里将近四年的时候,各方面都还没有完全安顿下来:我刚开始学说这个国家的语言;另外,因为无法跟曾经给我带来不幸的情欲一刀两断,我还不得不每隔一段时间去

---

① 鲁米:阿拉伯人对基督徒和欧洲人的称呼。

阿尔及尔小住几天。

我当时已经买下这个农庄，这座房子从前是一个设防的哨所，离土著人的宿营地只有几百米，我就是雇用那里的人替我耕作的。这个部落是乌拉德－塔阿贾人的一个分支，我一到这儿就选了一个高大的年轻人伺候我，就是您刚才看到的这个人，名叫穆罕默德·本·拉姆哈尔。他很快就对我忠心耿耿。他不愿意住在一个他不习惯的屋子里，就在我的门旁边不远的地方搭了一个帐篷，我可以从我的窗口喊他。

我怎么生活呢，您一定在猜吧？我整天操心的就是开垦和种植；我偶尔打猎；我常去和附近哨所的军官们一起吃晚饭，或者他们来我这儿吃晚饭。

至于……娱乐——我刚才跟您说了。阿尔及尔能为我提供最精美的娱乐；时不时地还会有一个殷勤好心的阿拉伯人在我散步时拦住我，建议夜里让一个部落的女人来我家。我有时候接受，但更经常是拒绝，怕这会给我带来麻烦。

夏初的一个傍晚，我去地里转了一圈，回来的路上有点事要找穆罕默德，没有先打招呼便走进他的帐篷。这对我来说是经常的事。

在一张像床垫一样厚而柔软的阿穆尔山区出产的长羊毛

红色大地毯上,睡着一个女子,一个年轻姑娘,几乎浑身赤裸,两臂交叉放在眼睛上;在篷布掀开的窗口射进的阳光下,她身体白皙,白得闪闪发亮,在我看来,简直就是我见过的这个人种的一个最完美的样本。这里的女人都很美,身材高大,身段和线条罕见地协调。

我有点不好意思,放下帐篷的门帘,就回家了。

我喜欢女人!这匆匆一瞥就像闪电一样穿过了我的身体,点燃了我的心灵,那昔日的可怕情欲重又在我的血管里沸腾,而我本是为了逃避它才到这儿来的。那正是七月,天气炎热,我几乎整夜都在窗口度过,眼望着穆罕默德的帐篷形成的那个黑影。

第二天,穆罕默德走进我的房间,我紧盯着打量了他一下,他像个罪人似的,羞愧地低下头。他在猜想我知道些什么吧?

我突然问他:

"这么说,你已经结婚了,穆罕默德?"

他脸红了,结结巴巴地说:

"没有,先神(生)。"

我曾经要求他说法语,也让他教我一点阿拉伯语,结果是经常产生出一种介乎两者之间的混杂的语言。

我又说：

"那么，为什么你那里有一个女人？"

他嗫嚅着说：

"他（她）是南方的。"

"哦！她是南方的。可这还不能说明她为什么在你的帐篷里。"

他并不回答我的问题，只是接着说：

"他（她）很漂亮。"

"啊！的确是这样。好吧，下一次，如果你再接待一个南方来的很漂亮的女人，记住让她到我的屋里来，而不是去你的帐篷里。你听见了吗，穆罕默德？"

他非常严肃地说：

"听见了，先神（生）。"

我承认，这一整天，对那个躺在红地毯上的阿拉伯姑娘的记忆引起的激情一直袭扰着我；回家吃晚饭的路上，我真想再次走进穆罕默德的帐篷。他整个晚上都一如既往地伺候我，围着我走来走去，面无表情；我有好几次差一点要问，他是不是还要把那个很漂亮的南方姑娘在他的驼绒布的帐篷里留很久。

将近九点钟的时候,对这个女人的兴趣就像狗逐猎的本能一样执拗,仍然纠缠着我,我便走出去透口气,在褐色帆布的圆锥形帐篷的周围溜达一会儿。透过帆布可以看见一点灯光在闪亮。

后来我就走开了,免得穆罕默德撞见我在他的住处附近转悠。

一个小时以后回来的时候,我清楚地看到他在帐篷里的侧影。然后我就从衣兜里掏出钥匙,开了门,走进我睡觉的小堡垒。住在那里的还有我的管家、两个法国农民、一个从阿尔及尔找来的年老的厨娘。

我登上楼梯,惊讶地发现我的房间门下面有一线灯光。我打开门,看见桌子上点着一根蜡烛,桌旁的草垫椅上迎面坐

着一个面孔犹如偶像似的姑娘,好像在平静地等着我。她装饰着南方女人通常戴在腿上、胳膊上、脖子上甚至肚子上的各种各样的银质小玩意儿。她的涂了眼圈而显得更大的眼睛向我投来柔顺的目光。刺得很精致的四个蓝色小标记,像星星一样点缀在脑门、面颊和下颌上。两条戴着许多手镯的胳膊,放在从肩膀垂下来的红绸披巾盖着的大腿上。

见我走进屋,她站起来,一动不动地站在我面前,身上挂满野蛮人的首饰,一副十分顺从的神态。

"你在这儿干什么?"我用阿拉伯语问她。

"我在这儿,因为有人安排我来。"

"谁安排你来?"

"穆罕默德。"

"好吧,你坐下。"

她坐下,垂下眼睛;我依然站在她面前,审视着她。

她的脸有些特别,端正、清秀、略带些野性,但是又像一尊菩萨的脸一样给人一种神秘之感。她的厚嘴唇透着鲜红的颜色,这种颜色在她身体的其他部位也可以找到,表明她身上混杂着轻微的黑人血统,尽管她的手和胳膊洁白无瑕。

我犹豫着,不知如何是好,思想很乱,既有些动心,又有些尴尬。为了拖延时间，让我有功夫想一想，我对她提出一些问题，问她的出身，她是怎么来这个地方的，以及她和穆罕默德的关系。但是她回答我的尽是些我最不感兴趣的事，我不可能知道她为什么来、有什么企图、遵照谁的命令来、来了多长时间，也不可能知道她和我的仆人之间发生过什么事。

我正要对她说："回穆罕默德的帐篷里去吧"，她也许已经猜到了我的心思，突然站起身，抬起张开的胳膊，弄得叮当响的手镯全都滑到肩膀，两手交叉在我脖子后面搂住我，带着恳求的表情但又不容抗拒地把我拉过去。

她的眼睛里燃烧着诱惑的热望、征服男人的需要，正是这种需要让女人的不洁的目光变得像猫的一样迷人。她用眼睛召唤我，控制我，剥夺掉我所有的抵抗力，在我内心掀起猛烈的欲念。这是一场迅疾的搏斗，仅仅在两双瞳孔之间进行，一言不发，然而十分猛烈；这又是男性和女性，两类人兽之间的永恒的搏斗，在这搏斗中男性总是被战胜。

她放在我脑袋后面的两只手缓慢而又逐渐地加强力度，把我的头拉向她的泛着兽性笑容的鲜红的嘴唇，那压力就像机械力一样不可抗拒。我猛地把自己的嘴唇贴上去，紧紧搂

抱住这个几乎赤裸的身体,使得她从脖子到脚踝戴着的银环叮当作响。

她很灵敏,像一个动物一样柔软和健康;她的表情、动作、姿态和气味,都像一只羚羊,让我在她的吻中感到前所未有的热带水果般的异样的滋味。

不久……我说不久,其实这时已经临近早晨了,我想打发她走了,让她怎么来怎么去,因为我还没有想好要把她当作什么,或者说要她把我当作什么。

但是她一明白我要打发她走,就咕哝道:

"如果你赶我走,这个时候你要我去哪儿?大半夜的,我只能睡在地上了。让我睡在你床脚的地毯上吧。"

我能怎么回答呢？我能怎么做呢？我想现在大概轮到穆罕默德在看我的房间的灯光照亮的窗户了；起初我心慌意乱时没有想到的各种各样的问题，现在都清晰地呈现在我的脑海。

"你就留在这儿吧，"我说，"我们谈谈。"

我在刹那间就做出了决定。既然这个姑娘已经被人投进我的怀抱，我就把她留下，把她当作一种情奴，藏在我的深宅，就像穆斯林内室里的女人们那样。一旦我不喜欢她了，找个办法摆脱掉她总是很容易的事。因为在非洲的土地上，这些女人几乎身心都是属于我们的。

我对她说：

"我很愿意对你好。我会好好地对待你，不会让你过得不愉快。但是我要知道你是什么人，你从哪里来。"

她明白非说不可了，便向我讲了她的身世，或者不如说讲了一个故事，因为她肯定从头到尾都是说谎，就像所有的阿拉伯人一样，不管有没有原因，他们总是谎话连篇。

这是土著人的性格的一个最令人震惊也最不可理解的特点：说谎。这些人，伊斯兰教深入他们的身心，甚至成为他们的一部分，直到塑造他们的本能，改变他们的整个种族，使他们在道德观念上不同于其他的人种，就像黑人的肤色不同于白人一样；这些人，从骨子里就爱说谎，以致我们永远不能相信他们说的话。他们的这个特点是不是归因于他们的宗教？我不知道。只有在他们中间生活过，才能知道说谎在他们的生命、他们的心灵、他们的灵魂中占多大的地位。这在他们的身上已经变成第二天性，一种生活的必需。

她对我说，她是乌莱德·希迪·谢赫部落的一个首领的女儿，母亲是他劫掠图阿雷格部落时抢来的；这个女人大概是一个黑奴，至少是阿拉伯血统和黑人血统第一次交配的后代。人们都知道，黑人女性在阿拉伯人的后宫里很受青睐，她们在里面起着春药般的刺激性欲的作用。

不过，除了鲜红的嘴唇和暗红色的又长又尖、像弹簧撑着一样隆起的乳房，没有任何其他的地方显示她有这个血统。这一点，只要仔细看一眼就不会搞错。但是其他的部分都属于美好的南方人种，白皙、苗条，清秀的面庞线条清晰而又简洁，就像一尊印第安人雕像的头；两个眼睛分得很开，更为这浪迹沙漠的女子增添几分仙人般的神气。

不过关于她的真实经历，我仍然没有任何确切的了解。她对我讲的那些情节都是东拉西扯，就像是从混乱的记忆里偶然蹦出来的;她还津津有味地往里面掺进一些幼稚的评论,整个儿是一个松鼠般灵动的头脑生出来的游牧世界的幻象,从一个帐篷跳到另一个帐篷,从一个营地跳到另一个营地,从一个部落跳到另一个部落。

她滔滔不绝地说这番话的时候,始终保持着这个穿长袍的民族一贯的严肃神色,带着偶像说人闲话的表情,郑重得有点滑稽。

等她说完,我发现充满这长长的故事的,全是储存在她的小脑袋瓜里的鸡毛蒜皮的小事,我没记下一点有意义的内容。我寻思,她是不是存心拿这番空洞而又貌似认真的啰唆来作弄我,让我对她和她的生活一无所知。

这让我思考这个被战胜的民族。我们住在他们中间,或者更准确地说,他们住在我们中间,我们开始说他们的语言,我们看见他们每天生活在几乎透明的布帐篷里,我们把我们的法律、我们的规章和我们的习俗强加给他们,但我们对他们却一无所知。一无所知,您明白吗? 就像我们不在这儿,在将近六十年的时间里我们所做的仅仅是观看他们。对于在用树枝搭成的窝棚下面和距我们家门仅二十米远,用桩子钉在地上的布制小圆锥体下面发生的事,我们一无所知,就像我们不知道阿尔及尔的摩尔式房屋里那些据称已经开化了的阿拉伯人是怎样的人、他们在做什么、他们在想什么一样。无论是在他们城市住房的刷了石灰水的墙壁后面,在他们的茅屋的用树枝编织的隔墙后面,还是在被风撼动的薄薄的褐色驼毛绒门帘后面,他们就生活在我们身边,陌生、神秘、虚假、奸诈、唯唯诺诺、笑容可掬、不可捉摸。说真的,用望远镜看附近的宿营地,我猜得到他们有一些迷信,一些仪式以及上千种的习俗,都是我们不了解,甚至想象不到的!也许再也没有哪个被武力征服的民族能这样彻底逃过真正的统治、道德的影响和征服者顽强但是徒劳的探究。

然而,不可理解的自然横亘在不同人种之间的这不可穿越的神秘屏障,我从来没有意识到它的存在,此刻却突然感觉到了:这屏障就矗立在这个阿拉伯女子和我之间,在这个刚才委身给我、献身给我、把她的身体奉献给我抚摸的女人和已经占有了她的我之间。

我第一次想到问她:

"你叫什么名字?"

她愣了几秒钟没有说话,我看到她打哆嗦,就好像她忘记了我在那儿,且紧挨着她。这时,在她抬起头看我的眼睛里，我猜到这短短的瞬间已足以让睡意，几乎如闪电般突然而不可抗拒的睡意，控制住她。一切能控制女人易变的感情的东西，都来得那么迅疾。

她打了个哈欠，还没有打完，嘴里便含含糊糊地回答：

"阿鲁玛。"

我又说：

"你想睡觉了吧？"

她说：

"是的。"

"好吧！你就睡吧。"

她便平静地在我身边躺下，俯着身子，额头放在交叉起来的胳膊上。我几乎立刻感觉到她那野蛮人的难以捉摸的思想熄灭了，遁入了休眠。

而我呢，我躺在她身边开始思索，试图弄明白发生的事。为什么穆罕默德把她给了我？他这样做，是作为一个大度的仆人，可以为主人做出牺牲，直到把为自己引到帐篷里来的女人也让给他？还是并非那么慷慨，而是出于一种更复杂、更实际的想法，才把这个讨我喜欢的女人扔到我的床上？阿拉伯人，事关女人的时候，一方面有各种各样假装害羞的戒律，另一方面也可以做出各种各样不可告人的讨好的事；我们很难理解他们这种既严格又轻浮的道德，正如我们很难理解他们的其他感情一样。也许在偶然进入他的帐篷的时候，我正好迎合了我这个有远见的仆人的美意；他早就决定要把他的女友，他的同谋，也许是他的情妇献给我呢。

所有这些假设全都在袭扰我，令我疲倦，我也慢慢滑入深深的睡眠。

我被开门的咯吱声唤醒，穆罕默德像每天早晨一样进来叫醒我。他打开窗户，阳光涌进来，照亮了还在床上熟睡的

阿鲁玛的身体。然后，他就从地毯上捡起我的裤子、坎肩和礼服，一件件地刷着。他一眼也不看躺在我身边的女人，甚至好像不知道或者没发现她在那儿；他像平常一样严肃，一样的神情，一样的面孔。但是亮光，动作，穆罕默德赤脚走路的轻轻的声

响，皮肤和肺感受到的清新的空气，把阿鲁玛从沉睡中拉出来。她伸伸胳膊，转过身，睁开眼睛，用同样若无其事的目光看看我，又看看穆罕默德，便坐起来。然后低声说：

"我现在饿了。"

我问：

"你想吃什么？"

"卡胡阿①。"

"咖啡和面包抹黄油？"

"是的。"

穆罕默德站在我们的床边，胳膊上搭着我的衣服，等候着吩咐。

我对他说：

"给阿鲁玛和我送早饭来。"

他脸上没有露出丝毫的惊讶或者丝毫的不悦，走出去。

他走了以后，我问那阿拉伯姑娘：

"你愿意在我这儿住下吗？"

"是的，我很愿意。"

---

① 卡胡阿：阿拉伯语，通指饮料，特别是咖啡。

"我给你一个单独住的套房,还有一个伺候你的女人。"

"你真慷慨,我很感激你。"

"不过,如果你表现不好,我就把你从这儿赶出去。"

"你要我做什么,我就做什么。"

她捧起我的双手亲吻着,表示顺从。

穆罕默德回来了,端着放着早餐的托盘。我对他说:

"阿鲁玛要在我家住下。你在走廊头上的那个房间里铺上地毯,再把阿卜迪尔-卡代尔-埃勒-哈达拉的妻子找来伺候她。"

"是,先神(生)。"

就是这些。

一个小时以后,我的美丽的阿拉伯姑娘已经安顿在一个大而明亮的房间里。我过去看看是否一切都安排妥当,她用哀求的语调要我送给她一个带镜子的衣柜。我答应了,然后就走了，留下她蹲坐在一张阿穆尔山区出产的地毯上，嘴里含着一支香烟，跟我让人找来的那个阿拉伯老太婆聊起来，就像已经相识多年。

2

在一个月的时间里，我跟她在一起过得十分愉快。真是怪了，我已经和这个在我看来属于另一个物种、出生在一个邻近星球的异族女子难分难舍了。

我并不爱她——不，我们绝不会爱上这个原始大陆的女孩。在她们和我们之间，甚至在她们和同种族的阿拉伯男人之间，永远也开不出北方[①]的小蓝花[②]。她们太接近人的兽性，她们的心太简单，感觉太不细腻，在我们心里唤不起激情，而只有有了激情，爱才有诗意。毫无精神上的满足，这些迷人但是空虚的女人可以引起我们性感的陶醉，而引不起任何思想的陶醉。

---

① 北方：此处指地中海以北的欧洲。
② 小蓝花：指细腻缠绵的爱情。

然而她们仍然和其他人种的女人一样,能够控制我们、掌握我们,只不过方式不同,不那么执着,不那么暴烈,不那么痛苦。

这个女孩给我的感受,我还不能清晰地表达出来。我刚才跟您说过,这个地方,这个非洲,一无所有,没有艺术,没有任何智力的乐趣;但是它通过不可知而又肯定无疑的魅力,通过空气的爱抚,通过黎明和黄昏始终如一的柔和,通过令人愉悦的光明,通过浸润我们器官的恰如其分的恬适,逐渐地征服我们的肉体。对!阿鲁玛就是以同样的方式把我吸引住,也就是通过无数隐秘、迷人和肉感的魅力,通过深入人心的魅力,把我吸引住;她的魅力绝非来自她的拥吻,而是来自她的甜美的无精打采,她的完全是东方人特有的漫不经心。

我让她完全自由,任意走动。她至少每两个下午有一个下午在附近的宿营地度过,和我的土著农民的妻子们在一起。她也经常一整天对着我从米利亚纳①买来的桃花心木衣

---

① 米利亚纳:阿尔及利亚的一个城市,距阿尔及尔一百多千米,濒临地中海。

柜的镜子孤芳自赏。她站在那扇大镜门前聚精会神地自我欣赏,专注而认真地观察自己的动作。她把头稍稍往后仰着,转过身,往前走,再往后退,审视自己的髋部和腰部。然后,活动累了,她就坐在软垫子上,面对着自己,久久地凝视自己,神情严肃,陶醉地对镜自怜。

不久,我发现她几乎每天吃过早饭就出去,直到晚上都见不到她。

我有点不安,就问穆罕默德是不是知道她好几个小时都不在,是去干什么。他平静地回答:

"您别担心,很快就到斋月①了。她大概是去做礼拜了。"

他好像也喜欢阿鲁玛常在家里,不过我一次也没有发现他们之间有丝毫可疑的迹象,一次也没有;他们不像是要躲着我、有什么默契,或者有什么瞒着我。

尽管不理解,我还是接受了这种现状,让时间、机会和生活去证明。

我在巡视我的农田、葡萄园和垦地以后,经常会做长距

---

① 斋月:伊斯兰教教历太阴年九月为斋月,其间要守斋,每天从黎明到日落禁止饮食和房事。

离的散步。您知道，阿尔及利亚的这个地区有茂盛的森林；在几乎进不去的沟壑里，砍倒的枞树会堵住激流；小山谷里长满欧洲夹竹桃，从山顶望去，就像沿着河流铺开的东方地毯。您也知道，在那些看似人迹罕至的树林里和山坡上，时不时会突然遇到一座拱北①的白色圆顶，里面供奉着某个谦卑的伊斯兰隐士——与世隔绝的伊斯兰隐士的遗骨；偶尔会有几个附近村镇的锲而不舍的信徒来看看，衣兜里装着一支蜡烛，为了在圣徒的坟头点燃。

一天晚上，在回家的路上，我经过这样一个伊斯兰教的小教堂，向总是敞开的门里看了一眼，见一个女子正在圣骨前祈祷。那真是一幅美妙的景象，在那间破败的房子里，那个阿拉伯女子席地而坐，风毫无阻挡地吹进来，把松树落下的干枯的细松针吹到犄角旮旯里，积成一个个黄色的小堆。我走进去细瞧，认出是阿鲁玛。她没有看见我，也没有听见我进来，因为她完全沉浸在对圣徒的祷念中。她在用半高不低的声音跟圣徒说话，以为那里只有她一个人和圣徒。她

---

① 拱北：阿拉伯文 koubba 的音译，意为"圆顶建筑"，北非伊斯兰教信徒为教主或圣徒修建的坟墓。

向这个真主的仆人倾诉自己的全部思想，有时沉默一会儿思索，寻思还有什么要说的，也为了避免遗忘任何准备要述说的内容。她有时十分激动，似乎圣徒回答了她，劝她做一件她不愿意做的事，她在做辩解。

就像我来的时候一样，我一声不响地离开了，回家吃晚饭。

晚上，我让人把她叫过来。她好像心事重重地走进来，她平常完全不是这个样子。

我指着身边长沙发上的位子，对她说：

"在这儿坐下。"

她坐下了。我俯过身去要拥吻她，她连忙把头躲开。

我很惊讶，问她：

"咦，怎么啦？"

她说：

"现在是斋月。"

我笑了起来。

"隐士禁止你在斋月里让人拥吻，是吧？"

"是呀，我是阿拉伯人，你是鲁米！"

"那就是犯了大罪，是吗？"

"是！"

"这么说，直到太阳落山，你白天什么也不吃？"

"不吃，什么也不吃。"

"太阳落山的时候才吃？"

"是。"

"那么，既然现在天已经完全黑了，你对其他部分总不应该比对嘴更严厉了。"

她好像很生气，被惹恼了，受到了伤害，以一种我没有见过的高傲的神态，又说：

"一个阿拉伯女孩如果在斋月里让一个鲁米碰她，会永远被诅咒。"

"这种情况要持续整整一个月吗？"

她坚定地回答：

"是的，整个斋月。"

我装出生气的样子，对她说：

"那么，斋月，你可以去你家过了。"

她握住我的手，放到她的胸口：

"啊！我求求你啦，不要凶，你会看到我对你多么好。让我们一起来守斋，好吗？我会照顾你，宠爱你，但是你不要凶。"

她那么痛苦,那么滑稽,我不禁笑出声来;我便打发她去睡觉。

一个小时以后,我正要上床,有人轻轻敲了两下我的房门,声音轻得我几乎没有听见。

我喊道:"进来。"阿鲁玛走进来,捧着满满一托盘阿拉伯甜食、炸丸子、炸土豆条、炒果,以及游牧民族的五花八门的奇特糕点。

她满面笑容,露出雪白的牙齿,说:

"让我们一起来开斋吧。"

您知道,守斋是从黎明开始,直到黄昏眼睛连白线黑线都分不出的时候;守完斋,每天晚上一家人都要在一起小小地庆祝一番,一直吃到第二天早晨。结果,对那些不大讲究的土著人来说,守斋就成了把白天变成夜晚、夜晚变成白天。不过,阿鲁玛的信仰方式要别致得多,她把托盘放在长沙发上，我们两人的中间，用她纤细的长手指捏起一个撒上糖粉的油炸丸子，送到我嘴里，一边小声说：

"很好吃，吃了！"

我嚼了嚼这松软的点心，果然好吃极了，便问她：

"这是你做的？"

"是，我做的。"

"为我做的？"

"是，为你做的。"

"为了让我能忍受守斋之苦？"

"是。可是你不要凶！我每天都会给你送好吃的来。"

噢！我度过的那一个月是多么可怕！那是甜丝丝、甜津津、甜得让人发狂的一个月，充满甜食和诱惑、恼火和徒劳抵制的一个月。

接着，当为期三天的拜兰节①到来的时候，我便以我的方式来庆祝，把斋月全然忘记。

夏天过去了，这个夏天很炎热。在初秋的日子里，我又

---

① 拜兰节：伊斯兰教徒的节日，每年两次，每次三天。第一次紧接着斋月，第二次在斋月的七十天以后。

感到阿鲁玛心事重重,心不在焉,对什么都没有兴趣。

后来,一天晚上,我让人去叫她,发现她不在房间里。我想,她一定在我的房子里转悠,便叫人去找她。她没有回来。我打开窗户,叫喊:

"穆罕默德!"

正在帐篷里睡觉的穆罕默德回答:

"我在这儿,先神(生)。"

"你知道阿鲁玛在哪儿吗?"

"不知道,先神(生)。阿鲁玛不见了吗? 不可能。"

几秒钟以后,我的这个阿拉伯人就走进来。他是那么惊慌,以至掩饰不住他的不安。他问:

"阿鲁玛不见了吗?"

"是啊,阿鲁玛不见了。"

"怎么可能呢?"

"你去找找。"我对他说。

他仍旧站在那儿,思索着,寻思着,搞不明白是怎么回事。然后他就走到阿鲁玛的房间,只见她的衣服像东方人习惯的那样乱放着。他像警察一样查看每一样东西,或者不如说像狗一样到处闻。一切努力都毫无结果,他无可奈何地低声说：

"走了，他（她）走了。"

我呢，我怕阿鲁玛发生什么意外，在山谷里摔伤了、扭伤了；我让人把全宿营地的人都叫起来，命令他们去找她，直到找到她为止。

大家找了一整夜，第二天又接着找，整整找了一个星期，连一点能够确定她的行踪的线索也没有发现。我很痛苦，她让我感到失落；我的房子好像空旷了，我的生活好像空虚了。接着，一些令人不安的想法掠过我的心头：我怕有人劫持了她，也许杀害了她。由于我不断诘问穆罕默德，把我的忧虑也传染给了他，他总是一成不变地回答：

"不，走了。"

然后加上一句阿拉伯语："r'ézale"，意思是："小羚羊"，表示她跑得快，已经跑到很远的地方去了。

三个星期过去了，我对于再见到我的阿拉伯情妇已经不抱希望，一天早上，穆罕默德喜笑颜开地走进我的房间，对我说：

"先神（生），阿鲁玛，他（她）回来了。"

我一下子从床上跳下来，问：

"她在哪儿?"

"不敢来!在那边,树底下!"

他伸着手,指着窗外一棵橄榄树下的一个近乎白色的影子。

我站起身,走出去。走近就像扔在扭曲的树干脚下的一包衣裳,这才认出那双黑色的大眼睛、刺的星形标志和那诱惑过我的野性的姑娘的长脸。我越往前走,心里火越大,恨不得打她,让她吃点苦头,也为我复仇。

我远远就吼叫:

"你从哪儿来?"

她没有回答,一动不动,呆呆地坐在那里,失魂落魄的样子,准备着受我的责骂、挨我的痛打。

我走到她跟前,惊讶地看着她那身破衣裳;那些丝绸和羊毛的破衣裳沾满灰

尘，破破烂烂，脏兮兮的。

我抬起手，像要吓唬一只小狗似的，又问：

"你从哪儿来？"

她小声说：

"从那儿。"

"哪儿？"

"从部落那儿。"

"哪个部落？"

"我的部落。"

"你为什么要走？"

她看出我并不打她，胆子便大了一点，低声说：

"必须的……必须的……因为我不能再住在这个房子里了。"

我看见她眼里含着泪水，便顿时像个傻瓜似的心软了。我向她俯下身子；转过身要坐下的时候，发现穆罕默德正远远地瞅着我们。

我和蔼地接着说：

"那么，告诉我，你为什么要走？"

于是她就对我说，很久以来，在她习惯了游牧生活的心里就有一种无法抗拒的愿望，要回到帐篷里去，要在沙地上睡觉、奔跑、打滚，要和羊群一起从一个平原转移到另一个平原；她希望在她的头顶上，在天空的黄色星星和她脸上的蓝色星星之间，除了缝补起来的破旧的薄薄的窗帘，不再有别的东西；夜里醒来时，透过薄窗帘看到的只有点点星光。

她用天真而又坚定的语言让我明白这一切，措辞那么准确，我能够感到她没有说谎，觉得她怪可怜的，便问她：

"你为什么不告诉我你想离开一段时间呢？"

"因为你也许不愿意……"

"如果你答应我回来，我会愿意的。"

"你不会相信。"

见我没有生气，她笑着，接着说：

"你瞧，这件事结束了，我回来了，又在这儿了。我只要回那儿几天。我现在够了，这件事结束了，这件事过去了，我好了。我回来了，我不再痛苦了。我很高兴。你不凶。"

"那就回家吧。"我对她说。

她站起来。我握着她的手，她十指纤纤的手；她穿着破衣烂衫，但是得意扬扬，她的环状饰物、镯子、项链、缀片，叮叮当当地响着；她不慌不忙地向我的房子走去，穆罕默德正在那里等着我们。

进门以前，我又说：

"阿鲁玛，每次你想回家，你就告诉我，我会答应的。"

她有些怀疑，问：

"你会答应？"

"是呀，我会答应。"

"那么我也一样，我答应你，我想家的时候，"她姿势非常优美地把两只手放在额头上，"我就对你说：'我必须到那边去。'你就让我去。"

我送她回她的房间，穆罕默德端着水跟在后面，因为还没有通知阿卜迪尔-卡代尔-埃勒-哈达拉的妻子她的女主人回来了。

她走进屋，一看到带镜子的衣柜，立刻容光焕发，向衣柜扑了过去，就像看到久别的母亲一样。她对着镜子自我打量了几秒钟，噘噘嘴，然后用有点赌气的声音对镜子说：

"你等着瞧，我衣柜里还有丝绸衣裳，我马上就会变得很漂亮。"

我把她一个人留下，让她自己对着镜子去搔首弄姿吧。

我们的生活又像以前一样重新开始了，我越来越被这个姑娘的纯属肉体的奇特吸引力迷住，同时又表现出父亲对孩子般的高傲。

在六个月的时间里，一切都很好。后来，我感到她又变得神经质，坐立不安，心神不定了。

一天，我对她说：

"你是不是想回家了？"

"是的，我想。"

"你不敢对我说，是吧？"

"我不敢。"

"去吧，我答应你。"

她紧紧握住我的两手，吻了又吻，就像她感激人的时候常做的那样。第二天，她就不见了。

就像第一次那样，将近三个星期以后，她又回来了，仍旧是衣衫褴褛，风尘仆仆，脸也晒黑了；游牧生活、沙子和自由，让她心满意足。两年里，她这样回去了四次。

我每次再见到她都很高兴，并不嫉妒，因为在我看来嫉妒只能产生于爱情，产生于我们那里所理解的爱情。诚然，如果我发现她欺骗我，我完全可以杀了她；不过，即使我那样做，也是纯粹的施暴，有点像打死一条不听话的狗一样。

我是不会感到那种痛苦，那种火烧火燎的痛苦，那种北方人的嫉妒的。我刚才说，我可以纯粹施暴，像打死一条不听话的狗一样杀了她！可事实上我喜欢她，就有点像人们喜欢一个稀罕动物，不可替代的狗或者马。她只是一个有着女人形体的可爱的动物，一个性感的动物，一个供人消遣的动物。

我无法向您说明我们的灵魂之间隔着多么遥远的距离，虽然我们的心或许偶尔轻轻地接触，彼此给一点温暖。但她只是我的家里、我的生活里的某种东西，一种我比较执着的令人愉悦的习惯，我作为有肉感本能的男人、有眼睛有感官的男人所喜爱的习惯。

不料，一天早上，穆罕默德走进我的房间，带着阿拉伯人的奇怪的脸色，眼神就像猫见了狗那样惊慌。

我看到他这副表情，就问他：

"喂，怎么啦？"

"阿鲁玛，他（她）走了。"

我笑起来。

"走了，去哪儿了？"

"完全走了，先神（生）。"

"怎么，完全走了？"

"是的,先神(生)。"

"你疯了吧,我的小伙子!"

"不,先神(生)。"

"那你为什么说完全走了?到底是怎么回事?快说好吗?说仔细点!"

他一动不动地站在那儿,先不肯说;接着,他突然发作起来。那是典型的阿拉伯人的发作,就像您在城里的大街上驻足观看的两个狂怒的阿拉伯人,其东方人的沉默和庄重会突然让位于最激烈的比画和最凶恶的咆哮。

在他这通叫嚷中,我听明白了,阿鲁玛跟我的牧羊人逃跑了。

我不得不让穆罕默德平静下来,诱导他说出一个个细节。

他说了很长时间;我终于得知他一个星期以来一直在观察我的情妇,发现她好几次在附近的仙人掌树林后面,或者在欧洲夹竹桃漫生的山沟里,跟一个原来是流浪汉、上个月底被我的管家留下牧羊的人幽会。

前一天夜里,穆罕默德看到她出去,再没有看到她回来。他气急败坏,一迭连声地说:

"走了,先神(生),他(她)走了。"

我不知道为什么，但他是那么确信，确信阿鲁玛是跟那个流浪汉逃跑了；这确信在一瞬间进入我的脑海，也变得绝对无疑，不可抗拒。这很荒唐，不像是真的。但这又是肯定无疑的，因为女人的唯一逻辑就是没有理性。

我心里很难过，怒火中烧，竭力回忆那个人的特征。我突然想起曾经看到他，上个星期，他当时站在一个土堆上，在羊群中间，而且在看我。那是一个高个子的贝督因人①，一个裸露的肢体的颜色和穿的破衣裳的颜色一样的粗野的家伙，颧骨突出，鹰钩鼻，下巴后缩，两条腿枯瘦，披着破烂衣裳的大骨头架子上有一双豺狼般异样的眼睛。

我毫不怀疑，是的，她会跟这样一个无赖逃跑。为什

---

① 贝督因人：指在阿拉伯半岛和北非沙漠地区从事游牧的阿拉伯人。

么？因为她是阿鲁玛，一个沙漠里的姑娘。若是另一个姑娘，巴黎人行道上的姑娘，也许会跟我的马车夫或者一个城关的流浪汉逃跑。

"算了，"我对穆罕默德说，"如果她走了，那是她自作自受。我还要写几封信，你去吧。"

穆罕默德走了；他显然对我的平静感到意外。我呢，我站起来，打开窗户，大口大口深深地呼吸着来自南方的闷热的空气，因为正刮着西罗科风①。

然后，我就想："我的天主，她毕竟是一个……一个女人，和许多别的女人一样的女人。谁知道……谁知道是什么驱使她们的行动，驾驭她们的感情，让她们跟随或者放弃一个男人呢？"

是的，我们有时候知道，而更经常是不知道，只是偶尔有所猜测。

她为什么跟那个令人作呕的粗野的家伙逃跑呢？为什么？也许因为一个月以来风几乎总是不断地从南方刮来。

一股风！这就足够了！她，她们，哪怕是她们当中最精明、头脑最复杂的，不是经常也不知道为什么而行动吗？

---

① 西罗科风：从撒哈拉沙漠吹向地中海南岸的非常干燥的热风。

她们并不比一个随风旋转的风标知道得更多。一阵感觉不到的微风就能让铁的、铜的、铁皮的、木头的风标箭头旋转；同样，一种觉察不到的影响，一种抓不住的印象，也会搅动女人的易变的心，促使她做出决定，不管她们是城里的、乡下的、城郊的或者沙漠里的。

如果她们能够看清楚，并且继而进行思考，她们就会懂得为什么应这样做而不是那样做。但是，在事发的瞬间，她们看不清楚，因为她们成了自己突如其来的感觉的玩具，成了事件、环境、情绪、机遇和各种让她们的灵和肉战栗的接触的鲁莽的奴隶！

奥巴勒先生站起来，踱了几步，看了看我，微笑着说：

"这就是一段沙漠里的爱情！"

我问：

"如果她再回来呢？"

他小声说：

"傻丫头！……不过我仍然会很高兴的。"

"您会原谅那个牧羊人吗？"

"我的天主啊，会。关系到女人的事，永远应该原谅……或者视而不见。"

奥托父子*

* 本篇首次发表于一八八九年一月五日的《巴黎回声报》；同年首次收入保尔·奥朗道尔夫出版社出版的莫泊桑小说集《左手》。

1

这是一座半似农庄半似小城堡的混合型的乡村住宅,这类住宅从前几乎都是封建领主的宅邸,而现在全被大农庄主占有。在这座房屋的门前,几条猎犬拴在院子里的苹果树下,看见猎场看守人和几个孩子身背猎物袋走过来,嗥叫着,狂吠着。在厨房兼饭堂的大厅里,奥托父子、收税官贝尔蒙先生和公证人蒙达吕先生,出发打猎以前正在随便吃点什么,喝上一杯,因为今天是开猎的日子。

老奥托很为自己拥有的一切感到骄傲,急不可待地向客人们夸耀着能在他的土地上打到哪些猎物。他是个身材高大的诺曼底[①]人,属于这种类型的男子汉:身强力壮,满面红

[①] 诺曼底:法国西北部的一个具有悠久历史和文化传统的地区,西临拉芒什海峡,地域大致相当于现在的诺曼底大区,包括奥恩省、卡尔瓦多斯省、芒什省、滨海塞纳省和厄尔省。

光，骨骼粗大，肩膀能扛起整车整车的苹果。他半是农民，半是乡绅，有钱，受人尊敬，有威信，也难免有些独断专行。他曾经坚持要儿子塞萨尔·奥托上学，成为有教养的人；可是上完三年级①，他又突然终止了儿子的学业，因为怕他变成对土地漠不关心的老爷。

塞萨尔·奥托几乎跟他父亲一样人高马大，不过比他瘦一点儿，是个好孩子乖儿子，听话，对一切都心满意足，对老奥托的意志和看法更是佩服，尊重，崇敬到五体投地的程度。

收税官贝尔蒙先生是个矮胖子，通红的面颊上显露出细细的紫色的静脉网，就像地图上江河的支流和迂回曲折的小河道。他问：

"野兔呢？……有

---

① 三年级：法国中等教育前期的最后一学年，即初中最后一学年。

野兔吗?……"

老奥托回答:

"您要多少就有多少,尤其是在普依萨吉埃洼地一带。"

"咱们从哪儿开始呢?"公证人又问。这位公证人,整天乐呵呵的,浑身肥肉,脸色苍白,也是大腹便便,上个星期刚在鲁昂① 买的新猎装穿在身上紧巴巴的。

"那好吧,就从那儿,从洼地开始吧。咱们先把山鹑往平原上轰,再去那里围猎。"

说罢,老奥托就站起身。其他人也随着站起来,到墙角拿起各人的猎枪,检查一下枪机。脚的热气还没有把皮靴烘软,有点硬,就跺跺脚,走起路来稳当些。然后他们就走出去。

---

① 鲁昂:法国西北部的重要都会,原为诺曼底省省会,现为诺曼底大区首府和滨海塞纳省省会。

拴着的猎犬也站起来，扯紧皮带，挥着爪子，发出尖声的吠叫。

他们开始向洼地进发。那是一片不大的谷地，更准确地说是一大块高低不平的贫瘠的土地，正因为土质不好，一直荒废着，沟沟坎坎，长满了蕨类植物，成了猎物绝好的藏身地。

猎人们彼此拉开了距离。老奥托走在右边，小奥托走在左边，两位客人在中间。猎场看守人和背猎袋的孩子们跟在后面。这是庄严的时刻，大家都等着打响第一枪，心跳得有点厉害，紧张的手指时刻都触着扳机。

突然，第一枪打响了，是老奥托开的。所有人都停下来，只见一只山鹑脱离了振翅飞逃的伙伴们，坠落在一条荆棘丛生的沟壑里。那位兴奋的猎人立刻向前跑去，跨开大步，拨开荆棘，转眼就消失在灌木丛里，去寻找他的猎物了。

几乎立刻又传来第二声枪响。

"哈哈！这个老狐狸，"贝尔蒙先生嚷道，"他准是在下面把一只野兔赶出窝了。"

所有人都等着，眼睛紧盯着那堆视线穿不透的枝叶。

公证人把两手拢成喇叭筒，高喊："您都找到了吗？"老奥托仍然没有回答。于是，塞萨尔转过身去对猎场看守人说："快去帮帮他，约瑟夫。我们得保持一条横线。不过我们等着你。"

约瑟夫是个枯瘦的老头，所有的关节都像打了结似的成为疙瘩。他不慌不忙地去了，像狐狸一样小心翼翼地寻找着可以钻过去的缺口，就这样下到那条沟里。刚下去，他立刻大声疾呼：

"哎呀！快来呀！快来呀！出事啦！"

所有人都跑过去，钻进灌木丛。老奥托侧身倒在地上，已经

昏迷，两只手捂着肚子，一股股鲜血透过铅弹射穿的布上装一直流到乱草上。他松开猎枪伸手去捡打死的山鹑时，猎枪掉在地上撞了一下，第二颗子弹射出来，击穿了他的腹部。大家把他从沟里拖出来，脱掉他的衣服，看见一个可怕的伤口，肠子正从里面往外涌。于是，好歹包扎了一下，就把他抬回家，等医生来。已经派人去请医生，而且也去请教士了。

医生来了；他脸色沉重地摇了摇头，转过身来对坐在椅子上啜泣的小奥托说：

"我可怜的孩子，看来情况不妙。"

但是伤口包扎好以后，伤者的手指动了动，嘴张开了，接着眼里射出迷惑、惊惶的目光；然后又好像在寻找记忆，想起来了，也明白是怎么回事了。他喃喃自语：

"他妈的，就这么完蛋了！"

医生握住他的手：

"不，不，休息几天就好了，没有什么大事。"

奥托又说：

"我完蛋了！我的肚子被打穿了！我很清楚！"

接着，他突然说：

"如果我还有时间，我想跟我儿子谈一谈。"

小奥托一边忍不住地流着眼泪,一边像小孩子一样反复说着:

"爸爸,爸爸,可怜的爸爸呀!"

反倒是父亲语气更镇定些:

"好啦,别再哭了,这不是时候,我有话要对你说。坐在这儿,紧挨着我,很快就完,说完我就可以安心些了。你们其他人,请稍等一分钟,劳驾啦。"

所有人都退了出去,留下父亲和儿子。

等只剩下他们俩,父亲就说:

"听着,儿子,你已经二十四岁了,现在可以把事情告诉你了。再说这件事也没有我们搞得那么神秘。你知道你母亲过世已经七年了,不是吗?而我,现在也不到四十五岁,因为我十九岁就结婚了,不是吗?"

儿子结结巴巴说:

"是,是这样。"

"也就是说你母亲过世七年了,我一直没有再娶。可话又说回来了,像我这样一个人总不可能在三十七岁上就打光棍,是不是?"

儿子回答:

"是，是这样。"父亲吃力地喘着气，脸色苍白，面部肌肉抽搐着，继续说：

"天哪，好痛呀！这么说，你理解。男人生下来不是为了打光棍的，可是我又不愿意找一个接替你母亲的人，再说我也答应过她不这样做。现在……你明白了吧？"

"明白了，父亲。"

"于是，我纳了一个女孩子，在鲁昂城里，胡瓜鱼街十八号，四楼，第二个门——我全告诉你了，别忘了，——这姑娘对我十分体贴、多情、忠实，像个真正的妻子，是不是？你听明白了吗，我的孩子？"

"听明白了，父亲。"

"因此，要是我走了，我应该给她留下些什么，而且是实实在在留下些什么，让她以后的生活能有个保障。你明白了吗？"

"明白了，父亲。"

"我跟你说她是个好姑娘，真的，一个好姑娘；要不是有你，要不是怀念你母亲，要不是因为这座房子里我们三个人共同生活过，我早就把她接到这里来了，还会娶她做妻子，肯定的……听着……听着……我的孩子……我本可以立一份遗嘱……但是我没有这么做！我不愿意……因为不应该把事情……这些事情……写下来，这样做对合法继承人损害太大了……另外也会把一切都搞乱……这样做会弄得大家都破产！你听着，贴印花税票的纸张，不需要，而且永远也不要使用。如果说今天我有点钱，就是因为我一辈子也没有用过那东西。你明白了吧，我的儿子？"

"明白了，父亲。"

"你听着，听着……好好听着……我没有写遗嘱……因为我不愿意……再说我了解你，你心肠好，你不小气，不斤斤计较。我心里想，还是等我临终的时候，再把事情告诉你，要求你不要忘了那姑娘——卡洛琳娜·多奈，胡瓜鱼街十八号，四楼，第二个门，别忘了。——还有，再听着。等我走了，立刻到那里去，——并且你要安排得让她想起我的时候没有可埋怨的。——你有钱。——你办得到。——

我给你留下的足够了。……听着……你平时找不到她。她在莫洛太太的铺子里干活,博瓦希纳街。要星期四去。她总在这一天等着我。六年来这一天都是留给我的。可怜的姑娘,她一定会哭的!……我把这些都告诉你,是因为我非常了解你,我的儿子。这种事是不能公开说的,不能对公证人说,也不能对本堂神父说。这种事情做出来了,大家迟早会知道,但是除非万不得已,不能公开说出去。因此对外人都要保守秘密。除了家里人,不能让任何人知道,因为一个家里的所有人就像一个人一样。你明白了吗?"

"明白了,父亲。"

"你答应了?"

"是的,父亲。"

"你能发誓吗?"

"是的,父亲。"

"我要求你,我恳求你,儿子,别忘了。这对我很重要。"

"不会忘,父亲。"

"你亲自去。我希望你亲眼去证实这一切。"

"好,父亲。"

"去了你就会看到……你就会看到她怎么向你解释。

我，我不能再对你多说了。你发誓这么做了？"

"是的，父亲。"

"好了，我的儿子。拥吻我吧。永别了。我就要蹬腿了，我敢肯定。去请他们进来吧。"

小奥托呜咽着拥吻了父亲；然后，还是那么听话，打开了门。教士身穿白色法衣，捧着圣油，走进来。

不过垂死的人已经闭上了眼睛，他拒绝再睁开，拒绝回答，甚至拒绝示意一下，表示他听懂了。

这个人呀，他已经说得够多了，没有力气再说了。另外，现在他已经安心了，他想平静地死去。既然他已经向他的家人，向他的亲生儿子，做了坦诚的交代，还有什么必要向天主的代表忏悔呢？

他在朋友和跪着的仆人中间履行了圣事，涤了罪，得到了赦免，脸上始终没有一个表情显示他还活着。

他在午夜时分死去，在此以前他抽搐了四个小时，可见他经受了难以忍受的痛苦。

2

他星期二就下葬了，开猎的那一天是星期日。塞萨尔·奥托把父亲送到墓地以后回到家里，这个白天的剩余时间都在哭泣。接下去的一夜他只勉强睡了一会儿，醒来时他感到悲痛欲绝，甚至自问：他怎么还能继续活下去。

这天一直到晚上他都在想，应该遵照父亲的遗愿，第二天就去鲁昂，看望住在胡瓜鱼街十八号四楼第二个门的名叫卡洛琳娜·多奈的姑娘。为了不忘记，他就像咕咕哝哝念经一样，低声重复着这个名字和地址，数不清有多少次；没完没了念叨的结果，他已经不可能打住，更不可能去想任何别的事了，因为他的舌头和头脑都被这句话完全控制了。

于是，第二天，八点钟左右，他就吩咐把格兰道尔热套在轻便双轮马车上，出发了。这匹壮实的诺曼底马在从安维尔通向鲁昂的大路上一路小跑。他上身穿着黑礼服，头上戴着缎子大礼帽，下身穿着用带子套在鞋底的马裤。考虑到时机不宜，他不愿意在这身漂亮的服装外面套上他那件蓝色罩衫。这种风一吹就会鼓起来的罩衫能保护衣服不沾上尘土和污垢，一般在到达以后，一跳下车就马上脱掉的。

十点，钟敲响的时候他就到达了鲁昂，像往常一样把马车停在三水塘街的老好人旅店，接受店老板、老板娘和他们的五个儿子的拥抱，因为他们已经得知不幸的消息。接着，他不得不向他们讲述了关于这桩意外事故的一些细节，这让他又痛哭流涕了一阵；他不得不谢绝这些人的侍候，他们知道他有钱，对他特别地殷勤；他甚至不得不拒绝在他们这里吃午饭，这让他们觉得很没有面子。

他掸了掸帽子上的尘土，刷了刷礼服，揩了揩皮靴，就开始寻找胡瓜鱼街。他不敢向人打听，生怕被人认出来，或者引起别人的猜疑。

可是他怎么也找不到，最后看到一位教士，他相信教会的人出于职业习惯都是守口如瓶的，便上前询问。

只要再走一百步，右边第二条街就是。

他这时反而犹豫起来。在此以前，他一直像一个未开化的人似的只知服从死者的旨意。现在，想到他，做儿子的，就要和那个曾经是父亲的情妇的女子见面，激动之余，不免感到尴尬和屈辱。千百年世代相传的教育在我们感情深处积累下的所有根深蒂固的道德理念，他从上教理课时起就学到的对生活败坏的女人的偏见，男人，即便是娶了一个这样的女人的男人，也对她们怀有本能的蔑视，他这个农民的全部狭隘的正直观，这一切在他的心里翻腾着，让他踟蹰不前，让他感到羞耻，脸都涨红了。

可是他想："我已经答应了父亲。那就不应该言而无信。"于是他推开了门牌十八号的那座楼房的虚掩的大门,发现一个晦暗的楼梯,爬到四楼,看见一扇门,然后是第二扇门,找到铃绳,拉响了门铃。

屋里回响的铃声让他浑身打了个哆嗦。门开了,一个年轻女子出现在他的眼前,她衣着整齐,褐色的头发,脸色红润,用一双惊奇的眼睛看着他。

他不知道该对她说什么;她呢,更是大感意外。她等的是另一个人,所以没有请他进去。他们就这样互相注视了有半分钟。最后还是她问:

"您有什么事,先生?"

他嗫嚅道:

"我是小奥托。"

她吃了一惊，脸色顿时变得苍白，就像认识他已经很久了似的，结结巴巴地说：

"塞萨尔先生？"

"是的……"

"那么……？"

"我父亲要我来和您谈一谈。"

她说了声"啊！我的天主！"便往后退了退，让他进去。他关上门，跟着她往里走。

他看见一个四五岁的小男孩正在和一只猫玩耍，那男孩坐在一个炉子前面，炉子上飘出温着的菜肴的香味。

"请坐。"她说。

等他坐下来，她问：

"有什么事吗？"

他不敢说了，眼睛盯着放在屋子中间的那张桌子，桌子上放着三份餐具，一份是孩子的。他再看那把背朝炉火的椅子，那个座位前面摆着的盘子、餐巾、杯子、一瓶已经斟过的红葡萄酒和一瓶还没有打开的白葡萄酒。这是他父亲的座位，总是背朝炉火！他们正等着父亲。他看见父亲的面包摆在叉子旁边，他一眼就认出来了，因为老奥托的牙不好，总是先把面包的硬皮剥掉。接着，他抬起头，看见墙上挂着父亲的半身像，那是举行博览会那一年在巴黎拍的大照片，跟在安维尔的卧室床头上面挂的是同一张。

年轻女子又问：

"究竟是怎么回事，塞萨尔先生？"

他看着她。焦虑让她的脸色变得煞白，两手紧张得直抖，等着他回答。

他终于鼓起勇气。

"是这样，小姐，星期日开猎的时候，爸爸去世了。"

她是那么震惊，一下子愣了。沉默了好一会儿，她才用低得几乎听不见的声音喃喃地说：

"啊！不可能！"

接着，泪水便猛然涌出她的眼眶，她抬起两手捂住脸痛哭起来。

这时，小男孩转过头，见母亲在哭，就喊叫起来。接着，他明白了母亲伤心是由这陌生人引起的,便冲向塞萨尔,一只手揪住他的马裤,另一只手使劲敲打他的腿。塞萨尔置身在这个为他父亲哭泣的女人和这个保护自己母亲的孩子之间,不知所措,又深受感动。他觉得自己也被这激情的场面感动了,悲伤的眼里满含泪水。为了恢复常态,他就开始讲起来:

"是的,"他说,"不幸的事情发生在星期日早上,八点钟光景……"就好像她在听似的,他叙述着,不遗漏任何细节,以农民惯有的精细说着哪怕是最微不足道的小事。小男孩还在打他,甚至踢起他的脚来。

当他讲到老奥托谈到她的时候,她听见自己的名字,便露出脸来,说:

"对不起,我没有听清楚,我希望知道……如果不太麻烦您的话,请您重说一遍。"

他于是用同样的措辞重新说起来:"不幸的事情发生在星期日早上,八点钟光景……"

他把事情从头到尾慢慢道来,有逗有句,有条不紊,不时还加上他自己的想法。她聚精会神地听着,以女性的敏感领会着他叙述的每一个意想不到的波折,吓得浑身战栗,时而喊一声:"啊,我的天主!"那男孩子以为她已经没事了,也就不再打塞萨尔，走过去拉着母亲的手，也听起来，好像听得懂似的。

小奥托叙述完事情的经过，接着说：

"现在，咱们就按照他的愿望一起安排一下吧。您听着，我生活挺宽裕，他给我留下了财产。我不希望您将来有什么可埋怨的……"

但是，她激动地打断了他的话。

"啊！塞萨尔先生，塞萨尔先生，别在今天。我的心都碎了……下一次，改一天吧……不，别在今天……即便我接受，您听着……那也不是为了我自己，不，不，不，我向您发誓。那是为了孩子。而且，那笔钱会存在他的名下。"

听到这里，塞萨尔一脸惊愕，他猜测着，结结巴巴地问：

"这么说……这孩子……是他的？"

"是呀。"她说。

小奥托带着复杂、强烈和痛苦的感情看着他的弟弟。

他们沉默了好一会儿，她又哭了起来，塞萨尔感到十分尴尬，就说：

"那么，好吧，多奈小姐，我就走啦。您希望咱们什么时候谈这件事呢?"

她大声说:

"啊!别,别走,别走,别把我一个人和埃米尔撇在这儿!我会伤心死的。除了我的孩子,我什么人也没有了,什么人也没有了。啊!太可怜了,太可怜了,塞萨尔先生!来,您坐下。您再跟我说说。请告诉我,他整个星期在那边都做些什么。"

塞萨尔就坐了下来,他已经习惯于服从了。

她为自己搬了一张椅子放在还温着菜的炉子前面,靠近他的椅子;她把埃米尔抱在膝头,接二连三问了塞萨尔许许多多关于他父亲的事,从所问的这些家常小事就能看出,不假思索也能感到,她是一片至诚地用她那颗女人的可怜的心深爱着奥托。

他的思想并不丰富,一环接一环说下去,自然而然地又回到那件意外事故上,他重新一个

细节不漏地叙述起来。

当他说到"他肚子上打出一个窟窿,能伸进去两个拳头"的时候,她失声大叫,又开始鼻涕眼泪地哭泣。这时,塞萨尔受到感染,也哭起来。眼泪总是能够让人的心变得更加温柔,他向额头本来就离他的嘴不远的埃米尔俯下身去,亲吻他。

母亲稍稍恢复了平静,喃喃地说:

"可怜的孩子,他成了孤儿了。"

"我也是呀。"塞萨尔说。

他们都不再做声了。

突然,家庭主妇那惯于把一切都想得很周到的持家的本能,在这年轻女子的身上觉醒了。

"您大概一早上什么也没吃吧,塞萨尔先生?"

"没有,小姐。"

"啊!您一定饿了。您吃一点吧。"

"谢谢啦,"他说,"我不饿,我太难过了。"

她回答:

"不管多么难过,还是要活下去呀,您就别拒绝我啦!然后,您再多待一会儿。您要是走了,我真不知道我会怎么样。"

他又推辞了一番，终于让步了，背朝炉火，在她的对面坐下。他吃了一盘在炉子上噼啪炸响的爆牛肚，喝了一杯红葡萄酒。他坚决不让她再开那瓶白葡萄酒。

小男孩下巴上沾满了菜汁，他给他擦了好几次。

他起身准备离开了，问：

"您希望我什么时候再来商谈这件事呢，多奈小姐？"

"如果您方便的话，下星期四吧，塞萨尔先生。这样的话我也不会耽误时间。我每个星期四都有空。"

"对我也合适，下星期四见。"

"您来吃午饭，是不是？"

"哦！这个嘛，我就不能答应了。"

"这样咱们可以安心地谈一谈。时间也充裕一些。"

"那么，好吧。就中午十二点。"

他再次亲吻了小埃米尔，又同多奈小姐握了手，就走了。

3

这一个星期对塞萨尔·奥托来说似乎十分漫长。他从来也没有感到过孤单，到现在他才觉得孤寂得无法忍受。在此

以前，他一直生活在父亲身边，像父亲的影子一样，跟随父亲去田间，监督父亲的指令执行的情况，即使离开父亲一会儿也会在吃晚饭时又见到他。每天晚上他们面对面抽着烟斗，絮叨马、牛和羊的事；一觉醒来握手就好像在交流深厚的亲情。

现在塞萨尔是孤独一人了。他在秋天的耕地里徘徊，依然期待着父亲那指手画脚的高大身影会出现在田野的尽头。为了捱磨时间，他走进一个又一个邻居家，向所有还未听过的人讲述那个意外事故，有时甚至向听过的人重复一遍。然后，等到再也没有什么可做、再也没有什么可想了，他就会在大路边坐下，自己问自己：这样的生活是否会长久持续下去？

他常常想到多奈小姐。他很喜欢她。他觉得她很得体，就像父亲说的，是个温柔、正派的姑娘。说到正派的姑娘，这真正是一个正派的姑娘。他决定要慷慨大度地行事，给她两千法郎的年息，本金归在孩子的名下。想到下星期四就能再见到她，和她一起安排这件事，他甚至感到某种说不出的欣慰。此外，想到这个弟弟，这个五岁的小家伙，他有点困扰，有点烦乱，同时也有些激动。这个永远也不会姓奥托的私生子，是他的血亲，一个不管他接受或者抛弃、永远让他想起父亲的血亲。

因此，星期四早上，当格兰道尔热伴着铃声快步小跑拉着他奔驰在前往鲁昂的大路上时，他感到自从不幸的事故发生以来心里还不曾这样轻松过，不曾这样平静过。

他走进多奈小姐的那套房子时，看到饭桌已经像上星期四那样摆好，唯一的区别是面包皮没有剥掉。

他握过年轻女子的手，亲吻过埃米尔的两颊，就坐下，有点像在自己家里一样，不过心情依然有些沉重。他发现多奈小姐好像瘦了一点，苍白了一点。

她一定哭得很厉害。此时，她在他面前显得有些拘谨了，好像她意识到上个星期在不幸事件突如其来的冲击下自己没有感觉到的东西；她以非常的敬重、痛苦的谦卑和感人的照料接待他，似乎要用关切和忠诚来报答他对她的善意。他们午饭吃得时间很长，一边吃一边谈着他这次来要办的事。她不愿意要那么多钱。那太多了，实在太多了。她挣的钱够维持生活，她只是希望埃米尔长大的时候能给他准备下几个钱。塞萨尔坚持要给，甚至还因为她有丧事而额外给她一千法郎的礼金。

他喝过了咖啡，她问：

"您抽烟吗？"

"抽……我有烟斗。"

他在口袋里摸了摸。见鬼，他忘了带！他正在感到遗憾，她把放在橱柜里的他父亲的一根烟斗递给他。他接受了，拿过来，认出了，闻着，声音激动地称赞它的质量，装上烟草，点着了。然后，他让埃米尔骑在他的腿上玩骑马。这当儿，她收拾饭桌，把用过的餐具放到碗橱的底格，等他走了以后再洗。

三点钟左右，他不大情愿地站起来，想到要走了，心里十分懊丧。

"好吧,多奈小姐,"他说,"祝您晚安。很高兴发现您是这样一个人。"

她站在他面前,脸通红,很感动,看着他,不由得想起另一个人。

"咱们不再见面了吗?"她说。

他直截了当地回答:

"见呀,小姐,只要您乐意。"

"当然乐意,塞萨尔先生。那么,下星期四,您看行吗?"

"行,多奈小姐。"

"您来吃午饭吧,当然啦。"

"这个……如果您愿意的话,我就不推辞了。"

"就这么说定,塞萨尔先生,下星期四,中午,像今天一样。"

"星期四中午,多奈小姐!"

布瓦泰尔[*]

* 本篇首次发表于一八八九年一月二十二日的《巴黎回声报》；同年首次收入保尔·奥朗道尔夫出版社出版的莫泊桑小说集《左手》。

献给罗贝尔·潘松①

安托万·布瓦泰尔大叔在整个这一带是专门干脏活的。人们要清理一个坑、一厩肥、一口污水井,或者要淘一个阴沟、一洼烂泥什么的,总是去找他。

他带着淘污的工具和脏兮兮的木鞋来了;一开始干活,他就唉声叹气地抱怨起自己的行当来。如果有人问他:既然如此,干吗还要干这让

---

① 罗贝尔·潘松(1846—1925):莫泊桑的好友,曾演过莫泊桑青年时的剧作,与莫泊桑一起在塞纳河划船。后任鲁昂图书馆馆长,为莫泊桑的小说创作提供过一些故事素材。

人厌恶的营生？他会无可奈何地回答：

"敢情，我有一大堆孩子要养活哟。干这个总比干别的挣得多一点。"

确实，他有十四个孩子。要是人家问起他们现在怎么样，他总是逆来顺受地说：

"一个在服兵役，五个已经成家，还剩八个在家里。"

可是，如果有人想知道那些孩子的婚姻美满不，他就会激动地回答：

"反正我没有反对过他们。我在任何事情上都没有反对过他们。他们喜欢跟谁结婚就跟谁结婚。爱好是不能反对的，否则会坏事。我如今为什么是干脏活儿的，就是因为父母当年反对我的爱好。要不，我也许已经跟别人一样当上工人了。"

咱们来看看当年他父母是在什么事情上阻挠他的爱好的。

他当时在当兵，驻扎在勒阿弗尔[①]。他不比别人笨，也

[①] 勒阿弗尔：法国西北部城市，濒临拉芒什海峡，地处塞纳河出海口，法国第二大港口，今属诺曼底大区滨海塞纳省。

不比别人机灵，只是头脑有点儿过于单纯。自由时间，他的最大乐趣就是去码头上溜达；那里聚集着一些卖鸟的商贩。他有时独自一人，有时和一位同乡结伴，沿着一个个鸟笼子不慌不忙地走。笼子里有绿背黄头的亚马孙流域鹦鹉，灰背红头的塞内加尔鹦鹉，看似在温室里培育出的硕大的南美大鹦鹉，个个羽色华丽、翎毛壮观、冠子高耸，还有仿佛由擅长微缩艺术的善良天主精心着色的大大小小的虎皮鹦鹉，以及一些红色、黄色、蓝色和五色斑斓的爱蹦爱跳的小的、很小的鸟儿。这各种各样的鸟儿，把它们的啼声跟码头上的嘈杂声交织在一起，给卸货船只、行人和车辆的扰攘增添了遥远而神奇的森林才有的响亮、尖锐、叽叽喳喳、震耳欲聋的喧闹声。

布瓦泰尔不时地停下来。他兴致勃勃，睁大眼睛，张大了嘴，向囚笼里的白鹦鹉露出他的牙齿；这些鹦鹉则用它们白色或黄色的羽冠，朝他的红色短套裤和裤带上的铜扣子频频点头致意。每当他遇到一只会讲话的鸟，便向它提问；如果这只鸟这天肯于回答他并且和他对话，他会一直到晚上都感到高兴和满意。看猴子他也乐不可支。他简直不可想象，除了像养猫养狗一样拥有这些鸟儿，一个有钱人还能有什么更奢华的享受。他这种爱好，这种对异国事物的爱好，是生来就有的，就像有些人爱打猎、有些人爱行医或者传教。总之，每次兵营大门一开，他就急不可待地来到码头，就像有一股强烈的欲望吸引着他。

有一天，他几乎陶醉了似的站在一只奇大无比的金刚鹦鹉前面，看那只鹦鹉蓬起羽毛，身子俯下又挺起，就像在鹦鹉国的朝廷上行大礼。就在这时，只见与鸟店毗邻的一家小咖啡馆的门开了，一个扎着红头巾的黑人姑娘走出来，把店堂里的瓶塞子和灰沙扫到街上。

布瓦泰尔对动物的注意力马上分了一半给这个女子；他甚至弄不清，他此刻最惊喜交加地注视着的，是这两种生灵中的哪一种。

黑姑娘把咖啡馆里的垃圾扫出来以后，抬起头，看见这身士兵的制服，也好一阵子眼花缭乱。她面对他站着，手拿扫帚，就像在向他举枪致敬；而这时那只金刚鹦鹉还在继续鞠躬行礼。过了一会儿，这当兵的被看得不好意思了，便迈着小步走开了，免得像是落荒而逃。

不过他后来又来了。他几乎每天都要从科洛尼咖啡馆前面经过，而且经常隔着玻璃窗看到这个黑皮肤的小个子女侍给港口的水手们端啤酒或者烧酒。看见他,她也经常走出门来。很快,虽然他们还没有说过话,可是已经像熟人似的互相微笑致意了。看到姑娘深色的双唇间突然露出闪亮的牙齿,布瓦泰尔的心就激动起来。一天,他终于走进去;发现她和大家一样在讲法语,他大为惊讶。他要了一瓶柠檬水,请她喝一杯,她接受了,这成了他记忆中永远难忘的最甜美的一瓶柠檬水。他甚至养成了习惯,常去这家港口小咖啡馆喝各种他的收入允许享用的软性饮料。

看这个小女侍的黑手往他的杯子里倒什么,看她笑着露出比眼睛还明亮的牙齿,成了他节日一样的欢乐时刻,朝思暮想的一种幸福。经过两个月的交往,他们成了好朋友。布瓦泰尔惊奇地发现,这个黑女人的想法和本地女子的正统想法完全一致,也节俭、勤劳、虔诚信教、循规蹈矩,就越发爱她了,甚至爱到要娶她。

他把这个计划告诉了她,她高兴得手舞足蹈。而且她还有一点钱,是一个收养过她的卖牡蛎的女贩子留给她的。她当初被一个美国船长搁在勒阿弗尔的码头上。那船长是在船开出纽约数小时以后才发现她的,当时她才六岁,蜷缩在船舱里的棉花包上;船到勒阿弗尔,他就把这个不知被谁,也不知怎样藏在他船上的小黑娃儿丢给这个好心的卖牡蛎的女人照管。卖牡蛎的女商贩死了，年轻的黑姑娘就成了科洛尼咖啡馆的女侍。

布瓦泰尔又说：

"如果我父母不反对，就这么办。不过你要知道，我无论如何不能违背他们的意思，那是绝对不能的！我下次回家就争取让他们同意。"

果然，接下来的一个星期，他获准休假二十四个小时，就回家了。他父母在依弗托①附近的图尔特维尔务农，有一个小庄园。

他等待着饭后喝咖啡掺烧酒，那时候说话都比较坦率，最适合告诉父母他找到一个合他心意、各方

---

① 依弗托：法国市镇，今属诺曼底大区滨海塞纳省。

面都合他心意的姑娘，在这个世界上也许再也没有这么让他称心满意的姑娘了。

两个老人一听到这个话题，马上变得谨慎起来，要他说详细些。他什么也没隐瞒，除了她皮肤的颜色。

她是个女侍，财产不多，可是勤劳、整洁、品行端正，而且是个好参谋。所有这些比一个不会过日子的女人的钱更有价值。再说，她还有一点钱，是抚养她的那个女人留给她的，那一小笔钱，也差不多相当于一份嫁妆了，明说了就是一千五百法郎的储蓄。二老被他说服了；他们相信他的判断，所以逐渐退让。这时他该谈到那棘手的一点了。他有些勉强地笑了笑，说：

"只有一件事，也许不合你们的心意：她长得不白。"

他们不解其意；为了不引起他们的嫌恶，他不得不费了很长时间字斟句酌地向他们解释，说她属于一个深肤色的种族，这样的人他们只在埃皮纳尔[①]的画片上看到过。

这时他们不安起来，有些困惑，甚至有些惊慌了，仿佛

---

① 埃皮纳尔：法国市镇，今大东部大区孚日省省会，当地民间版画素负盛名。

他向他们提出要和魔鬼结亲似的。

母亲说:"黑? 多黑? 浑身都黑吗?"

他回答:"当然啰,全身都黑,就像你全身都白一样。"

父亲接着说:"黑? 是不是像锅底那么黑?"

儿子回答:"也许稍微好一点! 不过黑得一点也不让人讨厌。本堂神父的教袍也是黑的,可是并不比白色的宽袖法衣难看呀。"

父亲说:"在她本国,还有比她更黑的吗?"

儿子深信不疑地说:

"当然有!"

但是那老人却摇了摇头。

"那一定很讨厌。"

儿子说:

"并不比别的东西更让人讨厌,过不了多久就习惯了。"

母亲问:

"这种皮肤,不会弄脏内衣吗?"

"不会的,跟你的皮肤一样,因为那只是她的肤色。"

总之,在又提了很多问题以后,大家商妥:在见到那姑娘以前,二老先不做任何决定;小伙子下月就服役期满,到时候把她带回来仔细瞧瞧，商量一下再决定她是不是黑到不能进布瓦泰尔家的程度。

于是，布瓦泰尔宣布：五月二十二日，星期日，在他服役期满的那一天，他将带女朋友一起到图尔特维尔来。

为了这趟前往情郎父母家的旅行，她穿上了以黄、红和蓝为主色的最美、最耀眼的衣服，就像为国庆节而张起的一面彩旗。

从勒阿弗尔动身的时候，在车站里，很多人都看她；布瓦泰尔胳膊上挽着一个如此引人注目的姑娘，很觉自豪。后来，进了三等车厢，她坐在他旁边，农民们更是大为惊奇，连相邻车厢的人也登上长椅从隔板上面看她。看到她的样子，一个小孩吓哭了，另一个小孩把脸躲进母亲的围裙。

不过直到终点站都一切顺利。只是车快到依弗托减速前进的时候，安托万不自在起来，就好像军事理论课还没有温习好，却要面临考核一样。过了一会儿，他从车门探出身，远远地就认出拉着驾车马的缰绳的父亲，和一直挤到拦住看热闹的人的栅栏前的母亲。

他第一个下车，把手伸给女朋友，然后像护送一位将军似的，向家人走去。

母亲见这个穿得花里胡哨的黑女人由儿子陪伴着走过来，惊讶得半天说不出话来；而父亲好不容易才稳住那匹不知让火车头还是让黑女人惊得连连直立的马。不过安托万呢，又见到二老，由衷地高兴，猛扑过去，亲了母亲，又亲父亲，也不管那匹小马多么惊骇。然后，他转身朝着正被异常惊奇的路人驻足观望的女伴，解释道：

"她来了。我对你们说过，乍一看，她是有点儿让人受不了；可是一旦了解了她，千真万确，世上没有比她更讨人喜欢的了。向她问个好，免得她紧张。"

布瓦泰尔大妈已经吓得没了主张，连忙做了个像屈膝礼的动作；大叔则摘下鸭舌帽，低声说了句："祝您万事如意。"接着，他们没有再耽搁，就爬上小马车。两个妇女坐在后面的椅子上，路上遇到一个坎儿，她们就颠得蹦几下。两个男人在前面，坐在一条长凳上。

谁也不言语。忐忑不安的安托万用口哨吹着一首兵营里的曲子。父亲拿鞭子抽打着小马。母亲不时用打量的目光瞅一眼那个黑姑娘。黑姑娘的脑门儿和颧骨像刚擦了油的皮鞋在阳光下闪亮。

安托万决意打破坚冰,他回过头:

"我说,怎么不聊点儿什么?"

"慢慢来呀。"母亲回答。

他又说:

"要不,你给小姑娘讲讲一只母鸡八个蛋的故事吧。"

这是个家里人都知道的笑话。可是母亲心烦意乱得连动弹的力气也没有了,始终一言不发;因此他就亲自动口讲这个难忘的奇遇故事,一边讲一边乐。父亲已经把这个故事熟记在心里,刚听了开头就笑逐颜开。他妻子也紧跟着露出了笑容。连那个黑姑娘,听到最逗乐的段落时,也突然放声大笑;笑声很响,像车轮隆隆,像湍流汹涌,把马激得一阵狂奔。

大家熟悉了,就交谈起来。

到了家,众人下了车,布瓦泰尔把女友领到屋里脱掉连衣裙,免得弄脏,因为她要做一道拿手的菜,以口腹之惠赢得二老的欢心。然后他把父母拖到门外,心里直打鼓,但还是问:

"嗳,你们说怎么样?"

父亲不吭声。母亲胆子大些,表示:

"她太黑了！不行，真的，太黑了。我都吓坏了。"

"您会习惯的。"安托万说。

"可能吧；不过现在还不习惯。"他们走进屋。好心的女人看到黑人姑娘正在做菜，很感动，于是撩起裙子帮着干起来，而且不顾自己年纪大，干得很起劲。

这顿饭很香，吃了很久，吃得很愉快。接着他们又到屋外去兜一圈，安托万乘机把父亲拉到一边，问：

"喂，爸，您说怎么样？"

这农民还是不肯表态。

"我什么意见也没有，去问你妈。"

于是安托万又去找他母亲，把她拖到后面：

"嗳，妈，您说怎么样？"

"我可怜的孩子，真的，她太黑了。哪怕少许不那么黑，我也不会反对，可是她太黑了。简直像撒旦①。"

他不再央求，因为他知道老娘固执；可是他感到一阵悲伤像暴风雨般袭上心头。他寻思自己该做什么，还能想出什么招儿来；而另一方面他又奇怪她怎么没有能征服二老，既

---

① 撒旦：《圣经》故事中的魔鬼。

然她曾经让自己一见钟情。他们四个人慢步穿过麦田，又渐渐沉默下来。当他们沿着一道篱笆走时，庄园主人都出现在栅栏门旁，顽童们爬上高坡，所有人都涌到路边，看布瓦泰尔家的儿子带回来的"黑女人"经过。老远就可以看到人们穿过田野跑过来，就像听到击鼓宣布怪物表演赶来观看似的。布瓦泰尔大叔和大妈见他们每到一处都引起这么大的好奇心，吓坏了，连忙肩并肩加快脚步，远远地走在儿子前面。这时候儿子的女伴正在问他，他父母对她有什么看法。

他吞吞吐吐地说他们还没有作出决定。

可是在村政府的广场上，兴奋的人们从各家各户蜂拥而出。面对越聚越多的围观者，两位老人连忙逃跑，一直跑到家。怒气冲冲的安托万挽着他的女朋友，在惊讶得目瞪口呆的乡邻面前，高视阔步

地前进。

他明白这件事算吹了,再也没有希望了,他娶不了他的黑姑娘了。她也明白了。快到他家庄园的时候,他们两人都痛哭起来。他们一到家,她又重新脱掉连衣裙帮大妈干活。大妈走到哪儿,她就跟到哪儿,去乳品房,去牲口棚,去家禽场,拣最重的活儿干,不断地说:"让我来吧,布瓦泰尔太太。"以至到了晚上,老太太深受感动,虽然她依然毫不容情。她对儿子说:

"不管怎么说,她是个好姑娘。很可惜,她长得这么黑,真的,她太黑了。我没法习惯;她一定得回去,她太黑了。"

于是小布瓦泰尔对他的女朋友说:

"她不愿意,她觉得你太黑了。你只能回去了。我把你送上火车。没关系,别难过。你走了以后我再跟他们谈。"

他于是把她送到车站，说了些让她还抱希望的话；拥吻了她以后，他扶她登上车厢，泪水汪汪地目送列车远去。

他徒劳地哀求双亲。他们无论如何也不同意。

每次安托万·布瓦泰尔讲完这个尽人皆知的故事，总是补充说：

"从那以后，我就对什么都没有心思了，压根儿没有心思了。什么行当都提不起我的兴趣，我就变成了现在这个样子：一个干脏活的。"

常有人对他说：

"可您还是结婚了呀。"

"没错，我不能说不喜欢我老婆，既然我已经生了十四个孩子；可是她跟另一个根本不一样，啊，不，肯定不一样！另一个，嘿，我的黑女人，只要她看我一眼，我就神魂颠倒……"

勤务兵 *

* 本篇首次发表于一八八七年八月二十三日的《吉尔·布拉斯报》;一八八九年首次收入保尔·奥朗道尔夫出版社出版的莫泊桑小说集《左手》。

公墓里满是军官，像一片鲜花盛开的田野。军帽和红军裤、肩章和金纽扣、军刀、参谋官们的饰带、轻步兵和轻骑兵的肋形胸饰，在坟墓之间穿梭；坟头的白色或黑色的十字架向逝者们哀伤地张开它们铁的、大理石的或者木头的臂膀。

刚刚举行了德·利穆赞上校妻子的下葬仪式。她是两天前游泳的时候溺水的。

仪式已经结束，教士已经走了，但是少校由两个军官搀扶着，还久久地站在墓穴前；他注视着墓穴，里面的木棺里，盛放着他年轻的妻子已经腐败的身体。

他几乎是一个老人了，个子又高又瘦，留着一副白色的髭须。三年前，他娶了同僚索尔蒂斯上校的女儿；父亲死了，那姑娘成了孤女。

搀扶着他的上尉和中尉,劝长官回去。他不愿意;他眼里满含泪水,但是他逞强,不让眼泪流下来;他咕哝着:"不,不,再待一会儿。"他坚持待在那儿,两条腿哆哆嗦嗦的,站在墓穴边。那墓穴在他看来仿佛就是一个不见底的深渊,他的心和生命,他在人世剩下的一切都全部掉进了里面。

突然,奥尔蒙将军走了过来,抓住上校的胳膊,几乎是强拉硬扯地让他走,一边说:"走吧,走吧,我的老伙伴,不能再待下去了。"上校也就听从他的劝告,回家去。

他推开书房的门,一眼就看见办公桌上摆着一封信。他拿起来,惊讶和激动得险些跌倒,因为他认出那是他妻子的笔迹。邮票上的印显示着当天的日期。他打开信封,读起来:

父亲:

请允许我像往日一样,还称呼您父亲。您收到这封信的时候,我已经死了，埋在地下了。那时，您也许就能饶恕我了。

我不想打动您，也不想减轻我的过错。我只是要以一个再过一个小时就要自杀的女人的全部诚意，把真相完完彻底地告诉您。

您慷慨大度地娶了我，我抱着感恩之心嫁给了您，我像一个小女儿般地全心全意爱过您。我就像爱自己的父亲一样爱过您，或者说几乎是那样；有一天，我坐在您的膝盖上，您拥吻我的时候，我不由自主地喊了一声"父亲"。这是发自真心的呼喊，出自本能，自然而然。真的，在我心目中您就是一个父亲，仅仅是一个父亲。您当时微微一笑，对我说："你就一直这么叫我吧，你这么叫我很开心。"

我们来到这个城市以后，请饶恕我，父亲，我爱上了一个人。啊！我抗拒了很久，几乎有两年，您读仔细了，几乎有两年；后来，我让步了，我变成了罪人，我变成了一个堕落的妻子。

至于他是谁？您不必去猜。这一点我很放心，因为总围着我转的有十二个军官，而且您跟我一样，称他们是我的十二颗明星。

父亲，请不要试图去查明他是谁，也不要恨他。他所做的只是任何人处在他的情况下都会做的事；再说，我深信他是全心全意地爱我。

不过，请您听下去，有一天，我们约了去山鹬岛幽会，您知道那个小岛，就在磨坊后面。我呢，我要游泳到那里去，而他在灌木丛里等我，然后，我们在那里待到傍晚，好不让别人看见他离开。我刚和他在一起，树枝拨开了，您的勤务兵菲利普从里面钻出来，他抓住了我们。我感到我们完了，我大叫了一声；这时，他，我的朋友，对我说："您游泳回去，不慌不忙慢慢游，亲爱的，让我来对付这个人。"

我就走了；我是那么心慌意乱，差点儿淹死。我回到您这儿，料想一定会有什么可怕的情况发生。

一小时以后，我在客厅走廊里遇见菲利普，他低声对我说："我听从夫人的吩咐，如果有什么信要让我转交。"于是我明白了：他出卖了自己，我的朋友收买了他。

我真的交给他一些信，我所有的信。他把信拿走，而且带给我回信。

这种情况持续了将近两个月。我们相信他，就像您也相信他一样。

然而,父亲,下面的事情发生了:一天,我游泳去同一个岛,不过这一次只是我一个人,我又看见您的勤务兵。这个人在等着我,他警告我,如果我不满足他的欲望,他就要向您揭发我们,就要把他偷偷扣下的信交给您。

啊!父亲,我的父亲,我害怕了,卑怯地害怕了,可耻地害怕了。我尤其为您而害怕,您是那么仁慈,而我却欺骗了您;我也为他而害怕,怕您杀了他;我也许还为我自己而害怕。我怎么知道呢?我已经疯了,失去头脑了,我以为可以再收买一次这个也爱我的坏蛋,多么丢脸啊!

我们这些人,是非常软弱的,我们不像您,我们很

容易失去理智。另外，一个人一旦陷下去，总是会越陷越深。难道我知道我做了什么事吗？我只明白你们两人中的一个和我，都将会死去①。于是我委身给了这个畜生。

您看，父亲，我并没有试图为自己开脱。

从此以后，从此以后，我本应该预见到的事情发生了：他乐意的时候，就用恐吓我的手段一次又一次地占有我。他也成了我的情夫。像另一个一样，每天都这样。这岂不是太丑恶了吗？这是多么残酷的惩罚啊，父亲！

于是我，我对自己说：非死不可。活着，我无法向您交代这桩罪行。死了，我就什么也不用怕了。除了死，我怎么做都不行，怎么做都无法洗清我，我被玷污得太厉害了。我既不能再爱，也不能被爱了；在我看来，我向谁伸出手都会把谁弄脏。

过一会儿我就去河里洗澡了，而且不再回来。

这封给您的信将送交我的情人。他在我死后才能收

---

① 意思是说如果勤务兵去揭发，上校和情夫势必会决斗，导致一人死亡，而她也不会活下去。

到，并且在完全不明白是怎么回事的情况下，为完成我最后的愿望而把它寄给您。您呢，您从墓地回来就可以读到。

永别了，父亲，我再也没有什么要对您说的了。您愿意怎么做就怎么做吧，只请您饶恕我。

上校擦干了脑门上的汗水。他的镇定，他在战斗中一向表现出的镇定，突然又回来了。

他拉响了铃。

一个仆人走进来。

"把菲利普给我叫来。"他说。

然后，他把写字桌的抽屉拉开了一半。

那个人几乎马上就进来了，这是个高大的士兵，蓄着红棕色的髭须，神情狡黠，眼神阴险。

上校直视着他。

"立刻把我妻子情夫的名字告诉我。"

"可是，我的上校……"

长官从半开的抽屉里抓起手枪。

"喂，快说，你知道我是不开玩笑的。"

"那么……我的上校……是圣阿尔贝上尉。"

他刚说出这个名字，一股火焰就烧焦了他的两眼，他扑面倒地，一粒子弹正中他的脑门。

兔子*

＊ 本篇首次发表于一八八七年七月十九日的《吉尔·布拉斯报》；一八八九年首次收入保尔·奥朗道尔夫出版社出版的莫泊桑小说集《左手》。

勒卡舍老板在惯常的钟点，早晨五点到五点一刻之间，出现在房门口，他要去监督正在开始工作的手下人。

他的脸红红的，半醒未醒，右眼睁着，左眼还几乎闭着。他一面吃力地扣着大肚子上的背带，一面用精明的目光四处张望，巡视着他熟悉的农庄的每一个角落。斜射的阳光，穿过圩沟边的山毛榉树和院子里圆圆的苹果树，让公鸡在肥堆上高唱，鸽子在屋顶上咕咕叫。畜棚的香味从敞

开的门里飘出来，在清晨的新鲜空气里，和马厩的呛人的气味掺和在一起。马厩里，马儿把头转向阳光，连声嘶鸣。

勒卡舍老板系牢了裤子就上路了。他首先向鸡舍走去，清点早上的这批鸡蛋；一些日子以来他就在提防着小偷。

不料女佣工举着两手跑来，惊呼着："卡舍老板，卡舍老板，昨天夜里，让人偷走了一只兔子。"

"一只兔子？"

"是呀，卡舍老板，那只大灰兔，右边那个笼子里的。"

农庄主的左眼也完全睁开了，简练地说。

"这得去看看。"

他立刻前去查看。

兔笼已经被毁坏,那只兔子不见了。

农庄主不安起来,又闭上他的右眼,挠挠鼻子。思索片刻以后,他命令神色惊慌、在主人面前不知所措的女佣人:

"去叫宪兵。就说我在等他们。"

勒卡舍老板是帕维尼-勒格拉村的村长,凭着有钱有势,他在这里颐指气使。

女佣向半公里远的村子跑去。她一走,农庄主就返回家,喝一杯咖啡,把发生的事告诉了妻子。

她正跪在炉灶前,用嘴吹着炉火。

他一进门就说:

"一只兔子,那只大灰兔,让人偷走了。"

她转身的动作那么迅猛,一屁股坐到地上,用懊恼的目光看着丈夫。

"你说什么,卡

舍！一只兔子让人偷走了？"

"那只大灰兔。"

"大灰兔？"

她发出一声悲叹。

"真倒霉！会是谁偷了这只兔子呢？"

这是个小个子女人，精瘦，机灵，整洁，什么农活儿都会干。

"想必是波利特那小子。"

农妇猛地站起来，气汹汹地说：

"准是他！准是他！用不着再找别人，准是他！你说的没错，卡舍！"

在她愤怒的瘦脸上，农妇的全部气恼，全部吝啬，总在怀疑雇工、猜疑女佣的精打细算的女人的全部愤懑，在嘴的开合、面颊和脑门的皱纹里表露无遗。

"你怎么办了？"她问。

"我派人去找宪兵了。"

这个波利特是个干粗活的人，曾经受雇于这个农庄，只干过几天就因为说话粗暴无礼，被勒卡舍辞退了。他当过兵，据说去非洲打过仗，留下了偷鸡摸狗、伤风败俗的恶习。为了糊口，他什么活儿都干过：泥瓦工、挖土工、赶车、收庄稼、砸石头、剪树枝，不过他主要还是好逸恶劳，因此谁也不愿意收留他，他有时不得不到别的地方去找点活干。

从他第一天来农庄干活，勒卡舍的妻子就厌恶他，现在她十拿九稳，偷兔子的事是他干的。

大约半小时以后，两个宪兵到了。班长塞纳特尔又高又瘦，宪兵勒尼昂又矮又胖。

勒卡舍请他们坐下，向他们讲述了事情的经过。然后，众人就去事发现场，确认兔笼被破坏的情况，收集各种证据。等他们回到厨房，女主人端上葡萄酒，斟满了酒杯，带着挑衅的眼神问：

"这个小偷，你们抓不抓？"

班长，军刀夹在两条腿之间，仿佛有些担忧。当然，要是有人愿意告诉他谁是小偷，他肯定会抓。在相反的情况下，他绝不能保证自己发现得了那个小偷。他寻思了很久，提出这样一个简单的问题：

"你们认识这个小偷吗？"

勒卡舍的大嘴上露出一道诺曼底人狡黠的皱褶。他回答：

"要说认识，不，我不认识，因为我并没有看见他偷。

要是我看见他,我早就让他把兔子生吞下去了,连毛带肉,连一口就着吃的苹果酒也不给他喝。可现在,要我说是谁,我还真说不出,虽然我怕是那个无赖波利特。"

于是他不厌其烦地叙说起他和波利特的那些故事来:为什么辞退这个雇工,他凶恶的眼神,他放肆的言语,并且加上一些琐碎和无关紧要的证据。

班长一面聚精会神地听着,一面喝干杯中的酒,又不动声色地斟满了一杯,然后转身对宪兵说:

"得去牧羊人塞弗兰老婆那儿看看。"

宪兵微笑着,点了三下头。

这时,勒卡舍太太走过来,怀着农妇特有的鬼心眼,反而轻声细语地向班长打听。这个牧羊人塞弗兰,一个普通人,一个大老粗,在羊栏里养大,在草坡上小跑的咩咩叫的羊群里成长,在这世界上只认识羊,然而在他灵魂深处却保存着农民节俭的本能。毫无疑问,在漫长的岁月里,他把放羊或者给羊治病挣的钱藏在树干的窟窿里或者岩石的洞里。他会用触摸和说话治好伤筋动骨的牲畜,是他替代的那个老牧羊人把土法接骨的秘密传授给他的。就这样,有一天,他买下了公开拍卖的一处价值三千法郎的小产业,包括一处旧房子和一片耕地。

几个月以后,人们就听说他结婚了。他娶了一个尽人皆知的品行不端的女仆,小酒馆老板的女佣人。小伙子们传说她知道塞弗兰富裕,便每天晚上去他的窝棚里找他,抓住了他,征服了他,一点点,一个晚上又一个晚上,勾引他直到结婚。

分别在村公所和教堂举行了仪式以后,她现在就住在她男人买的房子里,而他继续没日没夜地在草地上放羊。

班长补充道:

"说话有三个星期了,波利特一直跟她睡觉,他这个偷鸡摸狗的人,自己没有住处。"

宪兵贸然插嘴道:

"他偷偷盖上了牧羊人的被子。"

勒卡舍太太又是一阵盛怒,作为有夫之妇,她与放荡行为素来势不两立,此刻她的愤慨更是有增无已,大喊道:

"是她,我敢肯定。快去。啊!一对男盗女娼!"

不过班长并不为所动:

"别急。咱们等到中午十二点。他每天都要来吃午饭。我要正好在他们吃饭的时候逮个正着。"

宪兵扑哧一笑,他觉得上司的主意很妙。勒卡舍现在也

笑开了颜,因为牧羊人的遭遇在他看来很滑稽,被骗的丈夫总是很逗乐的。

中午十二点的钟声刚刚敲响,塞纳特尔班长,带领他的下属,在一座小屋的门上轻轻敲了三下。那小屋孤零零的,坐落在一个树林的角上,距离村子有五百米远。

他们躲到墙边,免得屋里的人看到他们;然后就等待。过了一两分钟,没有人回答,班长又敲门。房子里那么静,好像没有人住。不过宪兵勒尼昂耳朵特灵,他说里面有动静。

塞纳特尔班长生气了。他不容许有人抗拒权力部门,哪怕是一秒钟。他用军刀的把柄撞着墙,高喊:

"开门,以法律的名义!"

这命令也没用,他吼道:

"如果不服从,我就砸掉门锁。我是宪兵班长,他妈的!

准备，勒尼昂。"

他的话还没说完，门开了，塞纳特尔班长面前出现了一个胖女子，脸色通红，面颊丰满，胸脯袒露，肚子鼓胀，臀部肥大，一个多血质、富于兽性的女人，牧羊人塞弗兰的老婆。

塞纳特尔班长走进屋。

"我来您这儿看看，事关一个小小的案情。"他说。

他向四周打量着。桌子上放着一个盘子、一个盛苹果酒的罐子、一个半满的杯子，说明午饭刚开始吃。两把餐刀并排放着。狡黠的宪兵向上司眨了眨眼。

"好香呀。"班长说。

"大概是烧兔子肉。"宪兵得意地补充道。

"您要喝一杯烧酒吗？"农妇问。

"不，谢谢。我只想要您吃的这只兔子的皮。"

她装傻，但她在颤抖。

"什么兔子？"

队长坐下，若无其事地擦擦脑门。

"好啦，好啦，老板娘，您总不会让我们相信您是在吃绊脚草吧。您一个人在这儿吃午饭？吃的什么？"

"我，什么也没吃，我跟您发誓。就是面包上抹一点黄油。"

"好家伙，这么有钱的人，就是面包上抹一点黄油……您搞错了。您应该说：兔子肉上抹一点黄油。见鬼！您的黄油很香嘛，他妈的！这是一种精制黄油，特种黄油，婚礼专用的黄油，带毛的黄油，可以肯定，这黄油，不是家常的黄油！"

宪兵捧腹大笑，学舌道：

"肯定，不是家常的黄油。"

塞纳特尔班长喜欢搞笑，整个宪兵班都变得爱开玩笑。

班长接着问：

"您的黄油在哪儿？"

"我的黄油？"

"是呀，您的黄油。"

"在罐子里。"

"那么,罐子在哪儿?"

"什么罐子?"

"盛黄油的罐子,当然啰!"

"在那儿。"

她走去找来一个旧杯子,杯子里有一点发出哈喇味的咸味黄油。

班长闻了闻,摇摇头:

"不一样。我要看的是有烧兔子肉味的黄油。喂,勒尼昂,小伙子,睁大了眼睛,看看她的碗橱;我去查查床底下。"

他关上门,走到床边,想把床拉出来;可是床是固定在墙上的,显然半个多世纪都没有挪动过。于是班长弯下身子,

军装咯咯作响，一颗纽扣也脱落了。

"勒尼昂。"他唤道。

"班长，什么吩咐？"

"来，小伙子，到床这边来，我个子太高了，看不到床底下。碗橱我来查看。"

说完，他直起身子，站在那儿，等他的下属执行命令。

个矮身圆的勒尼昂脱掉军帽，趴在地上，脑门贴着地皮，往床垫下面的黑洞里看了好一会儿。接着，他大喊：

"我抓到他了！我抓到他了！"

塞纳特尔班长身子弯到他下属的上方：

"你抓到什么了，兔子？"

"不，小偷！"

"小偷？拖出来，拖出来！"

宪兵伸到床底下的两条胳膊已经抓住什么东西，然后使出全身力气往外拖。他用右手捉住的一只脚，穿着大皮鞋，终于露出来。

班长抓住这只脚："使劲！使劲！使劲拖！"

勒尼昂现在跪在地上，在拖另一条腿。可这活儿很艰巨，因为俘虏的两条腿拼命地又蹬又踹，脊背拱着床板，屁股抵着床帮。

"使劲！使劲！使劲拖！"塞纳特尔叫喊。

他们使出全身的力气往外拖，床帮都断了。那人连身子带脑袋都露了出来；但他还在用脑袋钩住床。

脸也终于露了出来，是波利特的愤怒而且懊丧的脸；他的两条胳膊还伸在床下面。

"拖！"班长仍然在叫喊。

这时传来一个奇怪的响声；肩膀后面出现两条胳膊，胳膊后面又露出了手，手里有一个锅把，锅把后面是个平底锅，锅里是烧兔肉。

"他妈的！妈的，妈的，妈的！"班长高兴得发狂，连声吼叫，而勒尼昂控制住那个人。

兔子的皮，压倒性的证据，最后可怕的物证，是在草垫子里发现的。

两个宪兵得胜而归，带着犯人和赃物

回到村里。

一个星期以后,这件事已经传得沸沸扬扬。勒卡舍老板走进村公所,跟小学教师谈事,听说牧羊人塞弗兰在那儿等他已经有一个小时了。

牧羊人坐在屋角的一把椅子上,赶羊的木棍夹在两条腿之间。一看见村长,他站起来,摘下软帽,说了声"您好,卡舍老板",就站在那里,怯生生的,十分局促。

"您有什么事?"农庄主问。

"是这么回事,卡舍老板,上个星期,有人在您家偷了一只兔子,是真的吗?"

"是呀,没错,塞弗兰。"

"啊!这么说,是真的了?"

"是真的,我尊敬的先生。"

"是谁偷了您的兔子呢?"

"是波利特·昂卡,那个打短工的。"

"那么,那么,真的是在我的床底下抓到的吗?"

"抓到什么?兔子?"

"兔子,还有波利特,两样是在一起的?"

"是的,我可怜的塞弗兰。真是这样。"

"那么，这是千真万确的了？"

"是的。是谁告诉您这件事的？"

"几乎大家都知道。我现在也明白了。另外，另外，既然您是村长，您主持结婚，您对婚姻的事一定了解得多。"

"婚姻的事，怎么啦？"

"我是说，关于权利。"

"关于权利，怎么啦？"

"关于男人的权利，然后是关于女人的权利。"

"当然了解。"

"那么，您告诉我，卡舍老板，我老婆有权跟波利特睡觉吗？"

"怎么，跟波利特睡觉？"

"是的，根据法律，既然她是我的老婆，她有权跟波利特睡觉吗？"

"当然没有，当然没有，她没有这个权利。"

"如果我再抓到她，我有权抽她鞭子，抽她，然后抽他吗？"

"当……当……当然啰。"

"那就好，现在明白了。我对您说吧，上个星期，有一天夜里，我灵机一动，回家去，发现他们俩睡在一起，当然不是背对背。我把波利特赶到外间屋去睡；不过仅此而已，因为我根本不知道自己有什么权利。这一次，我没有亲眼看见，我是听人说的，就不谈了。但是如果我再逮到他们……他妈的，如果我再逮到他们，我决不轻饶！卡舍老板，我要让他们尝尝这么闹的味道，不然我就不叫塞弗兰……"

一个晚上 *

＊ 本篇首次发表于一八八九年一月十九日和二十六日的《画报》；同年首次收入保尔·奥朗道尔夫出版社出版的莫泊桑小说集《左手》。

"克雷贝尔①"号停下了,我用兴奋的眼睛看着在我们面前展开的美不胜收的布日伊湾②。卡比利亚③森林覆盖着巍峨的群山;黄沙在远处为大海镶上一道金粉的边儿;太阳正把它火热的洪流倾泻在小城的白色房屋上。

灼热的微风,非洲的微风,给我愉快的心送来沙漠的气息,北方人④几乎很少能够深入神秘大陆的气息。三个月以

---

① 克雷贝尔:全名让－巴蒂斯特·克雷贝尔(1753—1800),法国将军,在法国大革命中屡建战功。莫泊桑一八八一年七月第一次去阿尔及利亚,乘的就是这艘以他的名字命名的船。
② 布日伊湾:阿尔及利亚的一个地中海海湾,在阿尔及尔东面;濒临该海湾的布日伊市,现名贝贾亚。莫泊桑在游记《在阳光下》中对这个海港有更详细的描写。
③ 卡比利亚:阿尔及利亚北部的一个山区,人口稠密,历史悠久;位于布日伊湾内的一段,树林繁茂,风景尤其优美。
④ 北方人:指欧洲人,特别是距离最近的法国人。

来，我一直在这深不可测的陌生世界的边缘，在鸵鸟、骆驼、羚羊、河马、大猩猩、大象和黑人的神奇的沿海地带漫游。我看过阿拉伯人在风中纵马疾驰，像一面飘扬、飞舞、掠过的旗帜；我睡过沙漠白鸟迁移不定的窝，也曾在褐色的帐篷下过夜。我仍然被阳光、幻想和空间陶醉着。

现在，在这次最后的游览之后，我就要出发，返回法国，重见巴黎，这座无用的空谈、无聊的烦恼、数不清的握手的城市。我就要向心爱的，那么新颖，刚刚看到就要惋惜的事物道别了。

许多小船包围着远洋轮船。我跳到一个黑孩子划着的小船上，很快就到了撒拉逊人[1]的老城门附近的码头。这城门的灰色废墟残留在今日卡比利亚城市的入口，就像一个彰显古老高贵的纹章。

我站在港口上，身边放着我的行李，看着停泊在锚地的大船，面对这举世无双的海岸和被蓝色海浪沐浴着的环形群山，惊羡得目瞪口呆。峰峦叠翠，比那不勒斯[2]海岸的环形

---

[1] 撒拉逊人：中世纪欧洲人对阿拉伯人的称呼。
[2] 那不勒斯：意大利西海岸港城，康帕尼地区首府，在维苏威火山山麓，被联合国教科文组织列为世界文化遗产。

群山还要壮丽，和科西嘉岛①的阿雅克肖②、波尔托③海岸的环形群山堪可媲美。就在这时，一只沉重的手搭在我的肩膀上。

我转过头去，看到一个高大的男人，留着长长的胡子，戴着一顶草帽，穿着白色法兰绒的衣裳，站在我身旁，用他蓝色的眼睛打量着我：

"您不是我寄宿中学时的老同学吗？"

"可能吧。您尊姓大名？"

"特雷穆兰。"

"当然！您和我是同桌呢。"

"喂！老兄，我呢，我可是第一眼就认出你来了。"

他用长胡子蹭了一下我的面颊。

---

① 科西嘉岛：法国在地中海上的一个大岛，面积八六八〇平方公里，位于法国大陆东南，南隔博尼法乔海峡与意大利撒丁岛相望。原属意大利，一七六九年被法国武力获取，改属法国。岛上通行科西嘉方言。现行政区划为科西嘉单一领土集体，分上科西嘉和南科西嘉两个行省。
② 阿雅克肖：法国城市，在科西嘉岛西海岸，今为科西嘉地区和南科西嘉省首府。
③ 波尔托：科西嘉西海岸奥塔村的港口，被联合国教科文组织列为世界文化遗产。

能够见到我，他显得那么高兴、那么愉快、那么幸福，在一股要表现友好的自私的感情冲动下，我用力握了握这个老同学的双手；其实，在这种情况下遇到他，我也很高兴。

在离开学校很快就会忘记的那些同学中，特雷穆兰曾经在四年时间里是我最亲密要好的伙伴。他那时身子又高又瘦，好像扛着一个太重的大圆脑袋，压得脖子有时向右歪，有时向左歪，几乎压断这高个子长腿中学生的窄窄的胸脯。

他很聪明，记性好，头脑罕见地灵活，对所有文科学习都有着本能的悟性，特雷穆兰在我们班上是各种奖项的大赢家。

在中学里我们始终相信他会成为一个名人，想必会是一个诗人，因为他喜欢作诗，而且脑子里满是多愁善感的奇思妙想。他的父亲在伟人祠街区开药房，好像并不富裕。

中学毕业会考[①]以后，我就再没有见过他。

"你在这儿做什么？"我大声问。

他微笑着回答：

"我是移民。"

---

① 中学毕业会考：也称业士学位考试或大学入学资格考试。

"啊！你种地？"

"我收获。"

"收获什么？"

"葡萄，我用来酿酒。"

"情况还好吗？"

"很好。"

"太好了，我的老兄。"

"你这是要去旅馆吗？"

"是呀。"

"那么，你就去我那儿住吧。"

"不过……"

"就这么说啦。"

他对一直留意着我们的举动的黑孩子说：

"去我家，阿里。"

阿里回答：

"四（是）了，先神（生）。"

然后，他就扛着我的行李跑起来，两只黑脚拍打着尘土。

特雷穆兰抓住我的胳膊，拉着我就走。他先提了些关于我旅行观感的问题，见我的反应非常热情，对我也就更有好感了。

他住的是一座摩尔①式的老房子，有一个内院，没有临街的窗户，顶上有一个平台，从那里可以俯视邻近的房屋，纵览港湾、森林、群山和大海。

我惊呼：

"啊！这正是我喜爱的，足不出户，整个东方②都能装进我的心里。天呀！你生活在这儿真幸福！在这个平台上，你度过的该是多么美好的夜晚啊！你在这儿睡觉吗？"

"是的，夏天我就在这儿睡。我们今晚就上去。你喜欢捕鱼吗？"

"怎么捕？"

"燃着火堆捕。"

"好呀，我最喜欢这个。"

"那么，吃完晚饭咱们就去。然后回来，到我的屋顶上喝冰镇果汁。"

我洗完澡，他带我参观了这座古色古香的卡比利亚城

---

① 摩尔：指西北非突尼斯、摩洛哥、阿尔及利亚三国的伊斯兰教徒。
② 东方：旧时西欧人的一种地理概念，将亚洲、东北非洲乃至巴尔干部分欧洲统称为东方。

市。白色的房屋沿山坡斜向大海，犹如直泻而下的瀑布。我们回来时天已经黑了。吃完一顿美味的晚餐，我们便向码头走下去。

除了路灯和星星，那些在非洲天空里尽情闪烁的舒展的星星，什么也看不见。

在海港的一个角落里，一条小船正在等着。我们一上船，一个我根本看不清面孔的人便划起桨来。与此同时，我的朋友准备一会儿要点燃的柴堆。他对我说：

"你知道吗，是我使鱼叉。没有人比我使得更好了。"

"你真棒！"

我们绕过一道类似防波堤的堤坝，来到一个海湾。这海湾里满是突起的岩石，就像建在水中的高塔。我突然发现海水粼光闪闪。船桨慢慢地、有规则地击打着海水，每次落下，都在水里点燃起活动的奇怪亮光，在我们后面延伸得老远，才逐渐熄灭。我俯下身，看着这不断被船桨击破的白色光流，这大海的难以名状的火，这一个动作就能点燃、波浪一静止就会熄灭的冷火。我们三个人就这样在黑暗中前进，在亮光上滑行。

我们这是去哪儿？我看不见我的同行人；除了这蠕动的

光明，船桨溅起的水的火星，我什么也看不见。天气很热很热。夜色就好像在炉火里加热过似的。和这两个人在这静静的小船里做这神秘的旅行，我有些惶惶不安。

几条狗，那种精瘦的、棕毛尖嘴、眼睛灼亮的阿拉伯狗，在远处吠叫。它们每天夜里都在这无边的大地上，从海岸直到流浪部落扎营的荒原深处，此起彼伏地吠叫。狐狸、豺、鬣狗在回答；而离那大概不远，一只孤独的狮子，大概是在阿特拉斯山脉①的峡谷里低声哀鸣。

突然，划桨人停下了。我们到哪儿了？在我附近，"嚓"地轻轻响了一下。出现一根火柴的光亮；接着我看见一只手，只看见一只手，把这微小的火苗送向悬挂在船头前面的铁笼子，铁笼子上放着木柴，就像一个漂浮的柴堆。

我惊奇地看着，就像看到一个既刺激又新颖的场景；我激动地注视着这小火苗，它碰到放在这柴堆边沿的一把干燥的欧石楠，干枝立刻噼噼啪啪响起来。

这时，在沉睡的黑夜、灼热沉闷的黑夜里，蹿起一堆炽

---

① 阿特拉斯山脉：地中海与撒哈拉沙漠之间的山脉，位于突尼斯、阿尔及利亚、摩洛哥三国境内。

烈的大火，照亮了重压在我们上方的黑暗天幕下的小船和那两个人：精瘦的老水手，满头白发，满脸皱纹，头上扎着一条手帕；而特雷穆兰，褐色的胡须闪着亮光。

"前进！"特雷穆兰说。

另一个人划起桨，我们的小船又在一片流星之间，在伴着我们游移的变幻不停的黑暗天穹下，向前滑行。特雷穆兰连续不停地向火堆里扔木柴，柴堆火光熊熊，又亮又红。

我又俯下身；我竟然看到了海底。在我们的小船下面几尺深，随着我们经过，慢慢地展开一个奇异的水的世界，像空气在天空中一样，水在大海里赋予植物和动物以活力。火堆把它强烈的亮光一直射到海底的岩石，我们在红棕色、玫瑰色、绿色、黄色的水生植物的森林上滑行。在我们和森林之间，是一种令人赞叹的透明的镜子，一种几乎看不见的液体的镜子，它把它们变得像仙境一样，把它们撤退到梦中，深深的海洋唤醒的梦中。纯净得根本看不见、不如说是猜到的明澈的海水，在这些奇特的植物和我们之间产生一种让人错乱的感觉，甚至对这一切的真实性产生怀疑，把它们变得像梦幻的景致一样神秘。

海草有时会一直来到水面，像细细的头发，在小船缓慢驶过时，几乎纹丝不动。

海草中间，一些银色的细长的鱼在窜动、逃跑，转眼即逝。另一些鱼在沉睡，悬在这些水的荆棘丛中，飘荡着，闪亮而又柔弱，难以捉摸。时而有一只螃蟹向一个窟窿迅速爬去，想躲起来；或者是一只淡蓝的、透明得几乎看不见的水母，这淡淡的天蓝色的花朵，真正的海中之花，在我们的小船激起的轻轻涟漪中拖动着它近乎液体的身躯。接着，海底降到更低、更远、增厚了的玻璃的荆棘丛中，突然消失。这时，就只能隐约看到刚才被烈火照亮的巨大岩石和深色海藻了。

特雷穆兰站在船头，俯着身子，手里拿着人称三齿叉的长柄渔叉，睁着逐猎的野兽般兴奋的眼睛，注视着岩石、海草和不断变化的海底。

他突然做了一个迅速而又轻巧的动作，把他的武器的尖头溜进水里，然后像射箭一般叉下去，那么快，一下子就叉中了一条在我们面前逃窜的大鱼。

除了特雷穆兰的动作，我什么也没看见，但是我听到了他低低的欢呼声；后来，他在火堆的亮光中提起渔叉，我才看到被铁齿刺穿扭动着的鱼。那是一条海鳗。我的朋友自己先看了看,还举在火上晃动着让我看,然后把它扔到船底。那海鳗身体被戳了五个伤口,滑行着,爬着,蹭着我的脚,想找一个窟窿逃遁;它终于在船的肋骨之间找到一个咸水洼,便缩在里面,蜷成一团,不过几乎已经死了。

这当儿,特雷穆兰以令人惊讶的灵巧,闪电般的快速,奇迹般的准确,频频地收获着各种咸水中的奇特生物。我先后看到挣扎着从火堆上经过的,有银色的狼鲈、带血迹的深色海鳝、浑身长刺的鲉,还有乌贼,一种怪模怪样的动物,它吐出的墨汁能把小船周围的水顿时变黑。

这中间,在黑夜里,我相信还不断地听到我们的周围有鸟叫声。我抬起头,力图看出这些远远近近、长长短短的叫声是从哪里来的。这些叫声多得数不清,持续不断,就像有一大片鸟,想必是被火焰所吸引吧,在我们上方振翅翱翔。这些响声有时又给我们的耳朵造成一种错觉,仿佛是从水里出来的。

我问:

"是什么这样叫?"

"是掉下去的炭火呀。"

果然是柴堆在向大海洒着细枝的火雨。细枝掉落时还燃烧着，通红通红的，熄灭时发出轻微、钻心、怪诞的哀鸣，有时真像是鸟的啁啾，有时又像是过路候鸟的短促呼唤。一滴滴松脂像子弹或者大胡蜂一样嗡嗡响着，突然栽到海水里死去，听上去真像是生灵在发出的话音，在我们身边的黑暗中徘徊的生命的难以形容的微弱喧哗。

特雷穆兰忽然大喊：

"啊！……臭婊子！"

他投出渔叉。当他把渔叉重新提起来的时候，我看到一大块红红的肉似的东西裹着叉齿，粘着叉杆，抽动着，动弹着，它那又长又柔软又有力的韧带在叉杆周围卷起又伸展。

那是一只章鱼。

他把这个捕获物扔到我旁边，我发现这怪物的两只大眼睛正看着我；它们从肿瘤般的眼囊里露出来，显得很突出，眼神慌乱而又可怕。这动物以为自由了，慢慢地伸长它的一条腕足，只见这腕足上的白色吸盘向我爬过来。腕足的尖端像线那么细。这条凶残的腿一钩在凳子上，另一条也抬起来，伸长了，要跟它过来。可以感到在这肌肉发达而又柔软的躯体里，在这活动的、淡红色松软的吸盘里，蕴含着不可抗拒的力量。特雷穆兰打开他的折刀，猛一用力，把刀插进它两只眼之间。

只听见那章鱼发出一声叹息，像泄气似的响了一下，停止了前进。

然而它并没有死，因为在这强劲的躯体里生命很顽强。不过它的活力已经被摧毁，唧筒已经断裂，它再也不能饮血，再也不能吮吸和掏空甲壳保护着的螃蟹了。

现在，特雷穆兰就像在和这奄奄一息的动物开玩笑似的，把它已经无力的吸盘一个个从船板上拽下来。接着，不知为什么，他又发起火来，大喊一声：

"等一等，我给你暖暖脚。"

他用渔叉把它叉起来，举到火上，把它的肉质腕足的细尖儿在火堆烧红了的铁箅子上蹭来蹭去。

章鱼的爪子被火烧红、缩短，一边扭曲，一边发出噼啪的响声；这可怕的动物痛苦的样子，也让我痛到手指尖。

"噢，别这么干。"我喊道。

他平静地回答我：

"哼，这对它已经是很客气了。"

说完，他把惨遭伤害的垂死章鱼扔到船里；只见它在我的两腿间慢慢地挪动着，一直挪到满是咸水的洞里，蜷缩在里面，在死鱼中间等死。

捕鱼继续了很长时间，直到木柴快要烧完。

没有足够的木柴维持火堆了，特雷穆兰就把剩余的柴火全都掀到海里。先前因为有明亮的火堆而悬在我们头顶的黑夜又落在我们身上，用它的黑暗把我们重新包围起来。

老人又操起双桨，慢慢地，一下一下很有节奏地划着。港口在哪儿？陆地在哪儿？海湾的入口和广阔的大海在哪儿？我一点也不知道。章鱼还在我的脚边蠕动；我指甲都痛，就像我的指甲被人烧掉了似的。突然，我看到灯光了；船进港了。

"你困吗？"我的朋友问。

"不困，一点也不困。"

"那么，咱们去屋顶上聊一会儿。"

"好呀。"

我们来到这座平台上的时候,我发现上弦月正从山背后升起。热风徐徐吹来,充满了淡淡的、几乎觉察不出的气味,好像风把太阳灼烧过的所有地区的花园和城市的气味都刮来了。

在我们周围,方顶的白色房屋向大海递降,可以看到房顶上躺着或者站着的人影儿,那是些在星空下安眠或遐想的人;还有许多人家,一家人全都裹着法兰绒的长袍,在静静的夜里消解白天的炎热。

我仿佛感到东方的灵魂,想象丰富的朴实民族的富于诗意和传奇色彩的灵魂,正在进入我的肌体。我的内心充满了《圣经》和《一千零一夜》;我仿佛听见预言家们在宣布奇迹,看见穿绸裤的公主们在宫殿的平台上来往,而银质香炉里烧着的上等香料,熏烟缭绕,勾勒出精灵的形象。

我对特雷穆兰说:

"你真幸运能住在这儿。"

他回答:

"是命运的作弄让我来到这里的。"

"命运?"

"是呀,命运,或者说不幸。"

"你曾经有过不幸?"

"而且是很不幸。"

他裹着呢斗篷,站在我面前;他的声音在我听来是那么痛苦,我不禁打了一个寒战。

他沉默了一会儿,接着说:

"我可以跟你讲讲我的伤心事,讲出来,也许我会好受些。"

"那就说吧。"

"你愿意听?"

"愿意。"

*

事情是这样的:你一定记得我在中学时的情况,我那时是那种药房里长大的诗人。我梦想着写书,中学毕业会考以后我也确实尝试过。可是我在这方面没有获得成功。我发表过一本诗集,接着是一部小说,可是两本书都没有卖出多少;后来又写了一个剧本,也没能上演。

然而我却变成了情郎。我就不跟你细说我在爱情上的事了。在我爸爸开的药房旁边，有一个裁缝，他有一个女儿。我爱上了她。她很聪明，获得过高等教育的文凭，头脑机灵，人很活跃，长得也很协调。她二十二岁，看起来却只有十五岁。这个小巧玲珑的女人，面目清秀，身材苗条，皮肤细腻，像一幅雅致的水彩画。她的鼻子，她的嘴，她的蓝色眼睛，她的金黄色头发，她的微笑，她的腰身，她的手，这一切都好像是为了在橱窗里展示，而不是为了在露天里生活而生的。不仅如此，她精力充沛，灵巧而且活跃得让人难以想象。我热烈地爱上了她。我还记得我们有两三次在卢森堡公园①，特别是梅第奇喷泉旁边散步，那肯定是我一生中最美好的时刻。你理解，是不是？这种爱到发狂的奇怪状态，除了崇拜得五体投地，我们什么也不再去想。我们真的变成了着了魔似的被一个女人迷上的人，仿佛除了她，世上再也没有任何东西存在。

我们不久就订了婚。我把我未来的计划告诉她，她

---

① 卢森堡公园：巴黎市内的重要公园之一，位于今第六区，一六一二年有玛丽·德·梅第奇王后创建，是典型的意大利式园林，梅第奇喷泉是园内景观之一。

很不以为然。她既不认为我是个诗人，也不认为我是个小说家和剧作者；她想的是做生意，认为只要生意兴旺，就能给人带来美满的幸福。

于是我放弃了写书，改而卖书；马赛①有个"环球书店"，老板去世了，我把它盘了下来。

我在那里度过了三年的好日子。我们把书店变成一种文学沙龙，城里所有的文人都来聊天。人们来我们书店，就像进俱乐部一样，交流有关书籍，有关诗人，特别是有关时政的看法。我的妻子主管销售，在城里真的颇有些好名声。我呢，人们在楼下聊天的时候，我在二

---

① 马赛：法国东南部濒临地中海重要港口城市，今罗纳河口省省会，普罗旺斯－阿尔卑斯－蓝色海岸大区首府。

楼的书房里写作；有个螺旋式楼梯通向店堂，我听得见人们的说话声、笑声、争论声，有时还停下笔来听。我甚至暗中写起一部小说来，不过没有写完。

常来的人里面有蒙蒂纳先生，一个靠年金生活的人，身材高大的单身汉，漂亮小伙子，南方的美男子，黑头发，总是笑容可掬；巴尔贝先生，一个法官；两个商人，弗席尔和拉巴莱格先生；还有将军德·弗莱什侯爵，保王党领袖，本省最显赫的人物，一个六十六岁的老人。

书店的生意很兴隆。我满意，很满意。

可是有一天，三点钟光景，我出去办事，路过圣费雷奥尔街，忽然看见一个女人从一个门里走出来，样子很像我的妻子。如果我不是一个小时以前，因为她有点不舒服，把她留在店里，我一定会想："是她！"她在我前面走，走得很快，头也不回。我实在太奇怪、太惊讶了，几乎是不由自主地跟在她后面。

我对自己说："不，不是她。不可能是她，她刚才还头痛来着。再说，她到这座房子里来做什么？"

不过。我心里还是要搞个明白。我加快脚步，要赶上她。她是感到或者猜到我在后面,还是从我的脚步声中认出了我,我就不知道了,但是她突然回过头来。是她!她看到我,脸一下子变得通红,停下来,然后微笑着,说:

"啊!你在这儿?"

我心里一阵紧张。

"是的。你怎么出来了。你不是头痛吗?"

"我好些了,去办点事。"

"去哪儿了?"

"去拉考萨德,卡西奈利街,订一些铅笔。"

她盯着我看。她的脸不但不红了,而且不如说有点儿苍白,她的明亮清澈的眼睛 —— 啊!女人的眼睛啊! —— 看上去充满了真诚,但是我却隐隐地、痛苦地感到它们充满了虚假。我呆呆地站在她面前,比她本人还要难为情,还要尴尬,还要紧张,虽不敢胡乱猜疑,但又确信她在说谎。为什么?我不知道。

我只是说:

"如果头痛好些了,你出来走走有好处。"

"是的,好多了。"

"你回去吗?"

"是呀。"

我离开她,独自走我的路,走了一条街又一条街。发生了什么事?面对她时,我曾直觉地感到她在说谎。现在,我却不能相信会是这样;回去吃晚饭的时候,我甚至自责不该怀疑她的诚实,哪怕是一秒钟。

你嫉妒过吗?嫉妒过还是没有嫉妒过,都不重要!反正第一滴嫉妒已经落在我的心上,就像一滴火。我还没有任何明确的想法,还不相信会有什么事。我仅仅知道她说谎了。你想想看,每天晚上,顾客和伙计走了以后,只剩下我们俩的时候,如果天气好,我们一直散步到港口,如果天气不好,我们就待在我的书房里聊天,我总是向她敞开心扉,畅所欲言,毫无保留,因为我爱她。她是我生命的一部分,而且是最大的一部分;她是我的全部快乐。她的小手里握着我的被她俘虏的信赖而又忠诚的心。

在最初的日子里,在疑问还没有明确和增大、只是有些疑惑和心烦的日子里,我就像身上酝酿着一场大病,感到疲惫,感到冷。我经常浑身发冷,冷得厉害,吃不下，睡不着。

她为什么要说谎？她去那座房子里做什么？我走进去，想发现点什么。我什么也没有发现。二楼的房客，一个地毯商，向我介绍了所有邻居的情况，也没能向我提供任何线索。三楼住着一个接生婆，四楼是个女裁缝和一个女修指甲师，最上层是两个马车夫和他们的家人。

她为什么要说谎呢？告诉我她去找过女裁缝或者女修指甲师，对她来说是再容易不过的事了。噢！我真想也去问问她们！我没有这么做，怕她们会告诉她，她便知道我已经起了疑心。

这么说，她进了这座房子却瞒着不让我知道。其中一定有什么秘密。什么秘密呢？我有时想出一些值得称赞的理由：她在做一件秘而不宣的善事；她去了解一个什么情况。我责怪自己不该怀疑她。我们每个人不是都有权有些无伤大雅的小秘密、一种不必让任何人都知道的第二种内在的生活吗？一个男人，因为别人给了他一个年轻女孩做伴侣，就可以要求她想什么做什么都要事先或者事后告诉他吗？

结婚这个词儿难道就意味着放弃一切独立、一切自由吗？难道她不可以没告知我而去找了女裁缝，或者去接济一个马车夫的家庭吗？难道她也不可以去这所房子里做一次访问，尽管性质没有什么大逆不道，但是怕让我知道了，即使不会受到我的谴责，至少会受到我的批评吗？她了解我，连我最不为人知的怪脾气也了解，也许她即使不担心受到责怪，至少也怕引起争执呢。她那双手很好看，最后我便假设：她是偷偷去那座可疑的房子里找女修指甲师替她修剪指甲；她密而不说，是为了不显得自己是个爱挥霍的人。她生活有条不紊，处处精打细算，像所有善于节俭和打理的妇女那样，事无巨细都十分谨慎。承认为了打扮而小小地破费了一下，她认为会在我的眼里降低了自己。女人内心深处就是有那么多天生的玄虚和小心眼儿。

但是我的所有这些推理并没有使我放下心来。我还是嫉妒。怀疑让我痛苦，折磨我，吞噬我。这还不是一个明确的疑问，但疑问确实存在。我心头承受着一种痛苦，一种可怕的烦恼，一个还掩盖着的想法——是的，一个上面有块布蒙着的想法——这块布，我不敢掀开，因为一掀开，我就会发现下面掩盖着的那可怕的疑问……一个情夫！她是不是有一个情夫？……你想想看！你想想看！这真是难以想象，这不可能……然而？……

蒙蒂纳的脸不停地在我眼前闪现。我看见他，这个头发油亮、身材高大的美男子，正在向她笑呢。我对自己说："就是他。"

我为自己编造出一套他们勾搭成奸的故事。他们一起谈论一本书，讨论书里的爱情奇遇，找到了某种和他们相似的东西，结果这种相似在他们身上演变成真。

我经受着一个男人所能遭到的最可怕的酷刑的折磨，监视着他们。为了避免走路发出响声，我买了塑胶底的鞋子；我整天像蜗牛一样在我的螺旋形小楼梯上爬上来爬下去，想出其不意地捉住他们。我甚至经常头在前，两手撑着楼梯往下滑，好看看他们在做什么。在证实有伙计这个第三人在场以后，我又费九牛二虎的力气，倒退着回到楼上。

我不是在生活，而是在受苦。我什么也不能再想，既没法写东西，也没关心我的生意。我一出门，刚在街上走一百步,就对自己说:"他在那儿。"我就走回去。他并不在那儿。我又出门!但是我刚走远,又想:"现在,他一定来了。"我又往回走。

一天又一天,整天都如此。

夜里就更可怕了,因为我感觉得到她在我的身边,在我的床上。她在那儿,睡着了,也许装作睡着了!她睡着了吗?不,肯定没有。她又在欺骗?

我一动不动,仰面躺着,被她身体的热气烤着,气喘吁吁,如卧针毡。噢!我生出了一个多么无耻狠毒的愿望!我恨不得从床上爬起来,拿起一根蜡烛,抄起一把锤子,一下子劈开她的脑袋,看看里面到底是什么东西!我很清楚,我会看见一摊脑浆和血的浆糊,别的什么也没有。我不会知道!也不可能知道她的思想!还有她那双眼睛!每当她看我的时候,我就会愤怒得发狂。你看她——她也看你。她的眼睛清澈而又充满稚气——假的,假的,又是假的!您猜不到它们后面在想什么。我真想用针戳进去,戳破这虚伪的镜子。

啊!我非常明白严刑逼供是怎么回事!我本可以用铁手铐夹着她的手腕:"说!快招!……你不愿

意?……"等等!……我会轻轻掐住她的脖子……"说!快招!……你不愿意?……"然后我越掐越紧,直到看见她气喘,窒息,死亡……我也可以把她的手指放在火上烧……啊!这个嘛,这么做我会感到多么大的快意!……"说……快招!……你不愿意?……"如果把它们放在炭火上烤,把它们烧焦……她肯定早就招了!……早就招了……

特雷穆兰挺立着,攥着拳头,高声叫喊着。在我们周围,邻居家的屋顶上,休息的人们受到干扰,都醒了,一个个人影欠着身子,倾听着。

我呢,我被他说的话深深地吸引,也很激动;我仿佛看见那个小女人,那个活跃而又狡黠的金发小生灵,就在我面前的黑夜里,好像我认识她似的。我看见她在卖书,在和男人们聊天,她那孩子般的神态弄得他们神魂颠倒;在她那布娃娃似的精致的脑袋里,我看到深藏着的狡猾的小念头,华而不实的狂想,洒着麝香香水、迷恋奇遇小说英雄的制帽女工的幻想。处在特雷穆兰的位置,我也会怀疑她,蔑视她,恨她,甚至会烧她的手指头逼她招认。

特雷穆兰用平静了些的声调接着说：

我不知道我为什么要对你讲这件事。我从来没有对任何人讲过。是的，两年来我也没见过任何人，没跟任何人聊过，任何人！这件事就像发酵的污泥一样在我的心里翻腾。我现在终于把它一股脑儿倒出来了，管你爱听不爱听。

可是，我错了，事情实际上比我以为的还要糟，简直是糟透了。你听呀。我使用人们惯用的方法，假装外出。每次我离开，我的妻子都在外面吃午饭。为了出其不意地抓住她，我是怎么买通饭店的一个伙计的，我就不跟你说了。

他们的单间雅座的门会为我开着，我抱着杀了他们的决心在约定的时间到达。从前一天起我就在设想那场面，就好像它已经发生了似的。我往里走！一张小桌子上摆满了酒杯、酒瓶和盘子，把蒙蒂纳和她分开。他们看见我出现是那么惊讶，愣住了。我呢，我一句话也不说，就用我的武器——灌了铅的手杖——猛砸那个男人的脑袋。那个人被我一击毙命,脸栽到桌布上!接着,我转向她,我给她留了一点时间——几秒钟——好让她明白,让吓疯了的她在轮到她死以前向我拱手求饶。我是有准备的,既强大又坚决,并且为自己的行为感到高兴,高兴到陶醉。想到她在我高举的手杖下向我投来的惊恐的目光,她向前面伸出的双手,她的声音,她的突然煞白和抽搐的脸,我已经先感到报了仇。我不想把她一下子打死!你觉得我残酷,是不是?那是你不知道我受到的痛苦。你想呀,一个你爱的女人,不管是妻子还是情人,就像委身于你一样,委身于另外一个人;就像接受你的嘴唇一样,接受那个人的嘴唇的亲吻!这是一件残酷、可怕的事。一个人有一天遭到这样的酷刑,什么事都做得出来。噢!杀人的事没有更经常地发生,这简直让我惊讶,因为所有被背叛的人都希望杀人,都希望享受这梦想的屠杀,都会独自在他们的房间里或空旷的大路上,满脑子转着尽情复仇的幻象,做着掐死或者击杀的动作。

我呢,我真的到了饭店。我问:"他们来了吗?"被收买的伙计回答:"来了,先生。"他领我走上一个楼梯,然后指着一个门，对我说："这里！"我紧握着手杖，手指就像是铁做的一样有力。我走了进去。

我选的时间正好。他们正在拥吻；不过不是蒙蒂纳，而是……德·弗莱什将军，那个六十六岁高龄的将军！

我一心想着会发现另一个人，因此我惊讶得目瞪口呆。

然后……然后……我直到现在还不知道我身上发生了什么……不……我不知道！如果面对的是蒙蒂纳，我会愤怒得痉挛！……但是在这个人面前，在这个大腹便便、面颊下坠的老男人面前，我只是反感得窒息。她，我那个小女人，看来只有十五岁的小女人，竟然委身于这个

老糊涂的胖男人，因为他是侯爵、将军、被废黜的君主的朋友和代表。不，我不知道我当时的所感和所想。我的手不可能打这个老人！那太可鄙了！不，我不再想杀我的妻子，而是想杀掉所有会做出这等事的女人！我也不再嫉妒；就像看到世上龌龊的事中最龌龊的事一样，我不知所措！

关于男人，有人爱怎么说就怎么说吧，但他们还不至于这么卑劣！遇到一个这样行事的男人，人们会指责他。一个老女人的丈夫或者情夫，比盗贼还要被人瞧不起。我们是干净的，我亲爱的。但是她们……她们……这些娼妓们，心灵是肮脏的！她们委身于所有的人，不管年轻还是年迈，出于各种不同的可鄙的理由，因为这是她们的职业，她们的志愿，她们的职能。她们是永恒的、不自觉的、心安理得的娼妓，她们交出自己的肉体而毫不反感，因为这是爱情商品，她们自愿卖身或委身给口袋里揣着金币、频现于人行道上的老头子，或者为了虚荣，卖身或者委身给有权势的老淫棍，令人作呕的老名人！……

*

他像古代预言家们那样狂呼大吼，在满天星斗的天空下，用愤怒的声音呐喊着，带着绝望的狂怒痛斥着所有老君主的情妇们受到称颂的耻辱，所有愿嫁老配偶的贞女们获得尊敬的耻辱，所有笑脸迎接老人亲吻的年轻女人们得到宽容的耻辱。

在这东方的夜晚，我看到被他呼喊、召唤来的开天辟地以来的那些姑娘，那些外形最美而灵魂丑恶的姑娘，那些像兽类不问雄兽年龄一样听凭老男人欲望支配的姑娘，突然出现在我们周围。《圣

经》讴歌的族长们的女仆们,都站到了我们面前:夏甲①、路得②、罗得的女儿们③、褐发的亚比该④、用爱抚让垂死大卫复活的书念的童贞女⑤,以及所有其他的女孩,年轻、丰腴、白皙,有世袭贵族的也有出身平民的,属于一个主人的、对本身行为不负责任的雌性,被迷惑或被收买的俯首听命的奴隶的肉体!

我问:

---

① 夏甲:《圣经》中的人物,亚伯拉罕的妻子撒莱的埃及女仆,撒莱不孕,将夏甲给亚伯拉罕作妾,为他生了儿子以实玛利。

② 路得:《圣经》中的人物,摩押人,嫁给因饥荒逃到摩押的犹太人。后因家庭遭遇不测而丧偶,逃到犹大地,为前夫的族人波阿斯拾麦穗,并奉上帝的意志嫁给波阿斯。他们生了俄备得,俄备得生了耶西。耶西生了大卫。

③ 罗得的女儿们:罗得是《圣经》中的人物,以色列人始祖亚伯拉罕的兄弟哈兰的儿子,亚伯拉罕的侄子。所多玛被毁灭时,罗得和两个女儿逃出。两个女儿看到父亲没有儿子,便把父亲灌醉,然后和父亲同房,她们各生一个儿子。摩押人和亚扪人的祖先由此而来。

④ 亚比该:《圣经》中的人物,迦密人拿八的妻子,拿八死后,成为大卫的第二个妻子。

⑤ 书念的童贞女:《圣经》中的人物,又称"书念的妇人",美貌的童贞女,名叫亚比煞。书念是萨迦支派的城。年迈的大卫王虽盖被而不觉暖,臣仆在书念找来亚比煞睡在他怀中替他暖身。

"你做了什么呢？"

他简单地回答：

"我一走了之。我就到了这里。"

然后，我们就面对面久久地待着，一言不发，但是思绪万千！……

这个晚上给我留下的印象终生难忘。我看到、感到、听到、猜到的一切，捕鱼，也许还有那条章鱼，以及在附近屋顶上那些白衣人影之间讲的这个沁人肺腑的故事，一切都好像相辅相成，给人一种独特的感受。某些邂逅，某些事情的不可解释的巧合，里面并没有出现什么特别的东西，却肯定包含着比分散在平常日子里更多的生命的隐秘本质。

大头针 *

＊ 本篇首次发表于一八八八年一月十日的《吉尔·布拉斯报》；一八八九年首次收入保尔·奥朗道尔夫出版社出版的莫泊桑短篇小说集《左手》。

"啊！老兄，女人多么诡计多端哟！"

"你为什么这么说？"

"因为她们跟我耍了一个可恶的花招。"

"跟你?"

"是的,跟我。"

"几个女人,还是一个女人?"

"两个女人。"

"两个女人同时?"

"是的。"

"什么花招?"

两个年轻人正坐在林荫大道①上的一家大咖啡馆的门前,喝着掺水的利口酒②,这种开胃酒看上去就像一盒各种色泽的水彩颜料泡制成的汤剂。

他们的年龄大致相仿,都在二十五岁到三十岁之间。一个是金黄色头发,一个是棕色头发。他们有着场外证券经纪人那种雅俗参半的风度,这种人游走于交易所和沙龙,到处抛头露面,到处享受生活,到处谈情说爱。棕色头发的接着说:

---

① 林荫大道:此处指巴黎市内从巴士底广场到玛德莱娜广场的几条连续的林荫大道,十九世纪末是巴黎最时尚和繁华的地带。
② 利口酒:以白兰地、威士忌、朗姆酒等为基础加香料制成的高度葡萄酒或浓甜葡萄酒,一般当作餐后甜酒饮用。

"我跟那个在第埃普①海滩遇见的娇小的有产女人的关系，我对你说过，是不是？"

"是的。"

"老兄，你也知道是怎么回事。我那时在巴黎有一个情妇，一个我深爱的情妇，一个老交情，一个老相好，总之，一个老习惯，我们已经很有些依恋不舍了。"

"依恋你的习惯？"

"是的，依恋我的习惯，我也依恋她。她和一个很正派的人结婚了，我也同样很喜欢他，一个待人真诚的好小伙子，一个真正的伙伴！总之，我已经把自己的生活安顿在他们的家里。"

"那又怎么样？"

"怎么样！他们不能离开巴黎，我于是在第埃普成了鳏夫。"

"你为什么常去第埃普？"

"去换换空气呗。一个人总不能老待在这林荫大道上呀。"

"后来呢？"

"后来我就在海滩上遇见了跟你说过的那个小女人。"

---

① 第埃普：法国濒临拉芒什海峡的港城，今属诺曼底大区滨海塞纳省。

"科长的妻子?"

"是的,她也正百无聊赖。她丈夫只是星期日才来一下,而且他这人俗不可耐。我很能体会她的心情。我们很快就一块儿有说有笑,一块儿跳起舞来。"

"后来呢?"

"嗨,别着急呀,总之我们经常见面,我们互相喜欢上了;我把这一点告诉她,她为了听得更清楚,又让我重复了一遍。她没有给我们的交往设置障碍。"

"你真爱她吗?"

"是的,有一点。她确实挺可爱。"

"那么另一个呢?"

"另一个当时远在巴黎! 总之,在六周的时间里,进展顺利;我们回到这儿时,已经热乎得不能再热乎了。要是你,一个女人没有一点对不起你的地方,你会跟她一刀两断吗?"

"会,当然会。"

"你会怎么办?"

"我把她甩掉。"

"可是你怎么才能把她甩掉呢?"

"我不再上她那儿去就是啦。"

"但是她要上你这儿来呢?"

"我……不在家。"

"如果她再来呢?"

"我对她说我身体不舒服。"

"如果她要照顾你呢?"

"我……就谢绝她。"

"如果她坚持呢?"

"我就写匿名信给她丈夫,让他在我预料她会来的日子看住她。"

"那就闹大了!我可没有抵抗的本事。我不善于断绝关系。我把她们兼收并蓄。有的我一年才见一次,有的我十个月才见一次,有的一个季度才见一次,有的在她们想去酒馆吃一顿晚饭的日子才见一次。那些时间已经错开的女人对我没有什么妨碍了,但是那些新结交的,我却经常为了要把她们间隔得长一点而作难。"

"后来呢?"

"后来嘛,老兄,这位娇小的官太太情正浓,火正旺,就像我对你说的,没有一点对不起我的地方!她丈夫每天泡在办公室,她经常一时兴起,抬脚就来到我家。有两次她差点儿撞见我的老相好。"

"见鬼！"

"没错！于是我给她们每个人定了日子，雷打不动的日子，以免造成混乱。星期一和星期六归那个老的。星期二、星期四和星期日归那个新的。"

"为什么这样厚此薄彼？"

"嗨！老兄，她更年轻嘛。"

"这样你一个星期只有两天休息了。"

"这对我来说足够了。"

"佩服！"

"可是，你哪知道，我遇到了世界上最可笑也最让人恼火的事。四个月以来一切都非常顺利；我高枕无虑，睡得美滋滋的，真是乐不可支。不料上个星期一，一切玩儿完。

"那天我正抽着一支上好的雪茄，在约定的时间，一点一刻，恭候我的老相好。

"我遐思翩翩，正在自鸣得意，忽然发现时间已经过了。我有些惊讶，因为她这个人向来很准时。不过我认为是有什么意外的事稍稍耽搁了。然而半个小时过去了，接着一个小时、一个半小时过去了，我想她一定由于某种原因，也许是偏头痛，或者是有不速之客到访，不能来了。这种事，这种徒劳的……等待，很讨厌，很让人烦躁。最后我死心了，走了出去，又不知道去哪儿好，于是去了她家。

"我发现她正在看一本小说。

"'怎么回事？'我问她。

"她不动声色地回答：

"'亲爱的，我没办法，我有事。'

"'有什么事？'

"'一些……麻烦事。'

"'究竟……是什么麻烦事？'

"'来了一个很讨厌的客人。'

"我想她是不想把真实的原因告诉我了，而且她很平静，我也就不再庸人自扰。我已经盘算着第二天在另一个的身上把损失的时间补回来。

"星期二，我非常……非常兴奋、非常动情地期待着娇小的官太太，甚至对她没有在约定时间之前到来而感到惊讶。我频频地看着钟，焦急地注视着指针的移动。

"我眼看着指针越过一刻，接着越过半点，接着越过两点……我再也坐不住了，大步穿过房间，把额头贴在窗子上看，又把耳朵贴在门上听，想知道她是不是在上楼梯。

"已经到了两点半，然后是三点！我抓起帽子，直奔她家。她呢，老兄，她也在看一本小说！

"'怎么回事？'我忧心如焚地问。

"'亲爱的，我没办法，我有事耽误了。'

"她像我的老习惯一样不动声色地回答。

"'有什么事？'

"'一些……麻烦事。'

"'究竟……是什么麻烦事？'

"'来了一个很讨厌的客人。'

"当然啦，我立刻就猜出她们已经全知道了；可是她看上去又是那么平静，那么若无其事，我还是打消了自己的怀疑，宁可相信这只是一个奇怪的巧合，因为我无法想象她能掩饰得这样毫无痕迹。我们友好地闲聊了一个小时，其间被她的小女儿打断了不下二十次，最后只有悻悻然离去。

"你可以想见，第二天……"

"还是这样？"

"是呀……还是这样。就这样一连过了三个星期，她们对自己这种古怪的行为没有一句解释，没有半点暗示。不过我已经猜出其中的奥秘。"

"莫非她们全知道了？"

"当然啰。可是她们怎么知道的呢？唉！我在弄清楚以前真是伤透了脑筋。"

"你最后是怎么知道的呢？"

"从信里。她们在同一天，用同样的措辞把我断然辞退了。"

"怎么回事？"

"原来是这么回事……你知道，老兄，女人身上总有大批的大头针。发针，我是知道的，我对它们不放心，总是提防着。但是其他的，那些该死的黑脑袋的大头针，要阴险得多，在我们这些大笨蛋看来它们一模一样，但是女人们却能分辨得一清二楚，就像我们能够区别一匹马和一条狗一样。

"看来是有一天我那个娇小的官太太把这样一个容易泄密的玩意儿别在我的镜子旁边的帷幔上，留了下来。

"我的老相好一眼就发现了这个只有跳蚤大的小黑点儿，一声不吭，把它摘了下来，并且在同一个地方留下一枚自己的大头针，也是黑脑袋的，只不过式样不同。

"第二天，官太太想取回她的东西，立刻认出被调包了；于是她起了疑心，便别上两枚大头针，并且把它们交叉起来。

"老相好用三个小黑球，一个摞在另一个上面，答复这份密码电报。

"这种交易一旦开始，她们就继续通讯了，彼此不说一句话，仅仅为了互相窥探。后来，似乎还是老相好胆子更大些，她把一张薄纸条卷在小钢针上，上面写着：'马勒泽尔布林荫大道，C.D.，留局自取。'

"从此她们就互相写信了。我可就完蛋了。你也明白，这在她们之间也不是没有周折的事。她们进行的时候也是小心谨慎，费尽心机，在这种情况下该提防的事都得提防到。不过老相好采取了一个大胆的行动，她向对方提出了约会。

"她们之间说了什么，我不知道！我只知道我为她们的谈话付出了代价。事情就是这样！"

"就这些？"

"是呀。"

"你再也没有见过她们？"

"对不起，我仍然像朋友一样和她们见面；我们并没有完全断绝来往。"

"她们呢？她们又见过面吗？"

"见过，老兄，她们成了知心朋友。"

"喂，喂。这难道没有给你一点启发？"

"没有，什么启发？"

"大傻瓜，让她们再别上一些双料别针①呀！"

---

① 双料别针：又称安全别针，由双针的大头针演进而来。在此处有让她们俩一起来的意思。

迪舒 *

* 本篇首次发表于一八八七年十一月十四日的《高卢人报》;一八八九年首次收入保尔·奥朗道尔夫出版社出版的莫泊桑小说集《左手》。

俱乐部热得像有暖气的温室，德·莫尔迪亚纳男爵走下俱乐部的大楼梯，毛皮大衣敞着怀，因此临街的门在他身后一关上，他顿时深深地打了一个寒战，一个让人像遇到伤心事似的突然感到悲凄的难受的寒战。他输了一点钱；另外，近一段时间他的胃很不舒服，也不能随心所欲地吃东西了。

他往家里走。突然想到他那一大套空荡荡的公寓房，在候见室里酣睡的男仆，晚上洗漱用的热水在煤气炉上嘟

嘟响的盥洗室,像灵床一样古老、庄严的宽大的床,又一股比冰冷的空气还让人痛苦的寒冷进入他心灵深处,进入他的肉体深处。

几年以来,他感到那压垮许多老单身汉的寂寞也越来越沉重地压在自己的身上。从前他身体健壮,反应灵敏,心情愉快,所有的白天都用来从事体育运动,所有的夜晚都用来尽情玩乐。现在他变得笨重了,对什么事都不大感兴趣。运动让他疲乏;夜宵,甚至晚餐,都让他兴味索然;女人让他那么厌腻,而从前他曾是那么乐此不疲。

晚上总是这样千篇一律:同样的朋友在同一个地点 ——俱乐部见面,同样的走运或者倒霉的牌局,就同样的事说同样的话,借同样的话题开同样的玩笑,对同样的女人进行同样的诽谤,这让他痛心疾首,有时简直到了要自杀的程度。他不能再过这刻板而又空虚,且那么平庸,那么轻松,同时又那么沉闷的生活。他渴望某种宁静、恬适、舒心的东西,可又不知道是什么东西。

可以肯定的是,他根本就不想结婚,因为他觉得没有勇气强迫自己去忍受烦恼,忍受夫妻间的隶属,忍受两个人的生活;那种生活让两个人形影不离,互相了如指掌,说不出一句话是对方没有预见到的，做不出一个动作是对方没有预料到的，没有一个思想、一个判断、一个意愿是对方没有猜测到的。他认为一个人，只有当人们不大了解他，只有当他的身上还留有一点神秘和未被发掘出来的东西，只有当他仍然有一点令人不安和朦胧的时候，才能让人看了愉快。所以他必须有一个不是家的家庭，他在那个家里只度过一部分生活。对儿子的回忆于是又萦绕在他的心头。

一年来他不停地想到他，感到要见他、认识他的焦急的愿望有增无已。他年轻时在一个戏剧性和感情冲动的情况下有了他。这孩子被送到南方，在马赛附近养大，从来不知道父亲是谁。

父亲起先每个月付钱给奶妈，接着每个月付钱给学校，接着每个月付钱供他娱乐，接着，又为他办一桩合乎情理的婚事给了他一笔资助。不过这些事都是由一位守口如瓶的公证人做中间人，这公证人没有透露一点真情。

所以德·莫尔迪亚纳男爵仅仅知道他有一个亲生儿子在马赛附近的某个地方生活，据说这孩子挺聪明，行为端正，娶了一个同时承包建筑工程的建筑师的女儿，后来继承了岳父的事业。还听说他赚了很多钱。

为什么不去看看这个不认识的儿子呢？他可以不说出自己是谁，先观察观察，看看如果需要的话，能不能在那个家庭里找到一个舒适的依托。

他慷慨大度地做了很多事，特别是给了一份很丰厚的婚资，而且被非常感激地接受了，所以他确信不会受到过分傲慢的对待。去南方，这个想法和愿望每天都重现，让他越来越心痒难熬。想到大海边那个欢乐温暖的家庭，年轻美貌的儿媳，张开双臂迎上来的孙子，还有儿子，这个让他忆起遥远年代那桩短暂然而美好的艳遇时所生的儿子，一种奇怪的自我安慰的感情也在敦促他这么做。他只后悔给过那么多的钱，年轻人钱到手以后发家致富了，以致他再也不能以恩人的身份自居。

他把脑袋缩在毛皮大衣的领子里，一边走一边想着这一切；他突然做出了决定。一辆出租马车经过，他叫住它，让它把自己拉回家；男仆醒来，给他开了门：

"路易，"他说，"我们明天晚上动身去马赛，大概要在那儿待半个月。您这就做好一切必要的准备。"

火车沿着多沙的罗纳河①奔驰，穿过黄色的平原、明亮的村庄、一个远处被光秃秃的群山围绕的广大地区。

德·莫尔迪亚纳男爵在卧车里过了一夜醒来，在旅行用品盒的小镜子里无精打采地端详着自己。南方强烈的阳光让他看出几道还没有发现的皱纹，在巴黎那些公寓的半明半暗的光线里被忽略了的一个衰老的迹象。

他审视着眼角、起皱的眼皮、鬓角、脱了发的额头，心想："天哪，我不仅是不新鲜，我简直要腐烂了。"

他要休息的愿望突然增强，还有一种把孙儿们抱在膝上的渴望，这在他心里还是第一次产生。

下午一点钟光景，他乘着在马赛租的双篷四轮马车来到

---

① 罗纳河：法国第二大河，发源于瑞士，流经法国东南部，注入地中海。

一座房子前面。那是一座南方乡村常见的房子，坐落在悬铃木夹道的林荫路的尽头，那么白，白得闪亮，让人不由得垂下眼皮。他一边微笑着沿小路往前走，一边想："嘿，还真不错。"

突然，一个五六岁的顽童从一个小灌木丛里窜出来，站在路边，睁着圆圆的眼睛看着这位先生。

莫尔迪亚纳向他走去：

"你好，我的孩子。"

小男孩并没有回答。

于是男爵俯下身，把他抱在怀里拥吻他；不过他被男孩浑身的蒜味呛着了，接着又立刻把他放回地面，嘴里嘀咕着：

"啊！这一定是园丁的孩子。"

他便向那座房屋走去。

房门前的一根绳子上晒着衣物：衬衣、毛巾、抹布、围裙、床单；而许多袜子挂在从上到下的几根细绳上，把一扇窗户都堵住了，就像猪肉食品店前面陈列的红肠。

男爵呼喊。

一个女用人出现了，一个真正的南方女用人，脏兮兮的，乱糟糟的头发一绺绺地垂在脸上，裙子几乎被日积月累的污迹弄得黑乎乎的，不过多少还保留着原来花里胡哨的颜色，让人联想起一种乡村集市的气氛和街头江湖卖艺者的长袍。

他问：

"迪舒先生在家吗？"

由于养成了玩世不恭的寻欢作乐者爱开玩笑的习惯，他当年给这个弃儿起了这样一个名字，好让人知道是他从一颗卷心菜下面找到的。①

女用人重复道：

"您找迪舒克斯②先生吗？"

"是呀。"

"在，他在厅里制图呢。"

"请您告诉他，梅尔兰先生要见他。"

她很奇怪，接着说：

"嘿！您要见他，那就进来吧。"

---

① 迪舒这个名字法文是 Duchoux，读音和 du chou（"来自卷心菜"）相同。法国人谈到生孩子，常对儿童戏言："从卷心菜下面出来的。"此话也用来指出生不明的人。

② 法国南方人常把结尾的子音字母念出声来，所以女用人把迪舒（Duchoux）念成了"迪舒克斯"。

说罢,她大喊一声:

"迪舒克斯先生,有人找!"

男爵走进去。那是一个很大的厅堂,护窗板半关着,光线很暗,他只模模糊糊地看到一些似乎都不太整洁的人和东西。

一个秃顶的小个子男人,站在一张满满当当摆着各种东西的桌子前面,正在宽阔的纸上画着线条。

他停下工作,向前走了两步。

他的坎肩敞着,裤子的扣子解开了,衬衫的袖口往上卷着,表明他感到热;他穿的鞋子带着泥斑,表明前几天下过雨。

他带着很浓的南方人口音问:

"请问贵姓?"

"我是梅尔兰先生……我来向您打听一下,想买一块盖房子的地皮。"

"哈哈!很好呀!"

迪舒向正在暗处织毛线的妻子转

过身去说：

"约瑟芬，腾一张椅子出来。"

莫尔迪亚纳这时看到一个年轻女人。说年轻，可是看上去已经老了，就像在外省二十五岁的女人就显老一样；因为她们缺少保养，缺少反复清洗，缺少能让青春常驻、把风韵和美貌一直保持到将近五十岁的各种各样精细的护理、各种各样精细的清理，以及各种各样女性装扮上的小讲究。她肩上披着一个方围巾，头发胡乱地扎着，又黑又密的秀发一看就知道很少梳。她伸出像保姆般粗糙的手，拿走一件孩子的连衣裙、一把刀、一根细绳、一个空花盆和留在座位上的一个油滋滋的盘子，然后把椅子递给客人。

他坐下，这时才发现迪舒的工作台上，除了书和纸，还放着两盘刚采摘的生菜、一个水盆、一把梳子、一条毛巾、一只左轮手枪

和好几个没有洗的杯子。

建筑家看到了这目光,笑着说:

"请原谅!厅里有点乱;都是因为几个孩子。"

他把椅子挪得近一点,好跟顾客谈话。

"这么说,您想在马赛附近找一块地皮?"

他呼出的气,尽管离得有一段距离,仍然给男爵带来南方人经常呼出的蒜味,就像他们经常散发出花香一样。

莫尔迪亚纳问:

"我在悬铃木下面遇见的是您的儿子吧?"

"是的,是的,第二个。"

"您有两个儿子?"

"三个,先生,一年一个。"

迪舒看来充满了骄傲。

男爵想:"如果他们像一个花束一样同时开放,他们的房间可就成了真正的花房了。"

他接着说:

"是的,我要在一个僻静的小海滩上找一块靠海的环境优美的地皮……"

迪舒听了就解释起来。他有十块、二十块、五十块、一百块，甚至更多符合这些条件的地皮，有各种价钱的，可以满足各种口味。他一边晃悠着他的秃而圆的脑袋，一边像喷泉一样滔滔不绝地说着，面带笑容，得意扬扬。

而莫尔迪亚纳却回想起一个娇小的女人，金黄色头发，身材苗条，有点儿忧郁，对他说"我亲爱的"声音那么温柔，一想起来他就热血沸腾。她热烈地、疯狂地爱了他三个月；她怀孕了，而她的在一个殖民地任总督的丈夫又不在，她绝望和惶恐得昏了头，便逃走躲了起来，直到孩子出生。一个夏天的晚上，莫尔迪亚纳把孩子送走，他们再也没有见过他。

然后她就回到丈夫身边。三年后，她因为肺病死在那里，死在她丈夫任职的那个殖民地。他眼前的这个人就是他们的儿子。只听他把最后一个音节发得像金属一样响亮地说：

"这块地皮，先生，真是独一无二的好机会……"

而莫尔迪亚纳想起另一个像微风拂过一样轻盈的声音，在小声说：

"我亲爱的，我们永远也不分开……"

他打量着这个可笑的矮个儿男人的圆眼睛，又想起那双蓝色的、温柔的、深邃的、痴情的眼睛。他长得很像他的母亲。他的眼睛也是蓝色的，虽然很空虚。然而……

是的，他一秒比一秒更像他的母亲，他的音调、手势、整个姿态都像她，就像猴子像人一样；但他是她生的，他从她那儿也继承了许多不容置疑的、恼人的、令人反感的扭曲的特征。这不断增大、令人恼火、折磨人的可恶的相似，像噩梦，又像悔恨，萦绕着男爵，让他心如刀割。

他结结巴巴地说：

"我们什么时候能一起去看看这块地皮？"

"如果您愿意，明天就可以。"

"好，那就明天。几点钟？"

"一点钟。"

"行。"

在林荫路上遇见的那个男孩从敞开的门里出现，喊道：

"阿爸！"

没有人回答他。

莫尔迪亚纳站在那儿，真想逃，快快地逃跑；这逃跑愿望让他的腿直发抖。一声"阿爸"，像一颗子弹击中了他。

在他看来，这声带着蒜味的"阿爸"，南方的"阿爸"，是在喊他。

啊！从前那个女友，她发出的气味真香！

迪舒送他出去。

"这座房子，是您买的吗？"男爵问。

"是的，先生，我最近买下的。我为它感到骄傲。我是个弃儿，先生；我不隐瞒这一点，我反而引为骄傲。我不欠任何人的，我完全是靠着我在事业上的成功；我的一切都归功于我自己。"

小男孩仍然站在门口，远远地又喊了声：

"阿爸！"

莫尔迪亚纳大吃一惊，浑身打了个寒战，就像人们面临一个巨大危险似的加快了脚步。

他想：他会猜出我，认出我；他会把我搂在怀里，也对我喊"阿爸"，给我脸上一个带大蒜味的吻。

"再见，先生。"

"明天，一点钟。"

双篷四轮马车在白色的大路上滚滚向前。

"车夫！去火车站！"

他仿佛听到两个声音，一个遥远而又温柔，就像死人的变弱和凄惨的声音，在说："我亲爱的。"而另一个声音响亮、刺耳、吓人,在喊:"阿爸!"就好像小偷在街上逃跑,人们大喊:"逮住他!"

第二天晚上,走进俱乐部,德·埃特雷里斯伯爵问他:

"有三天没见您。您病了吗?"

"是的,有点不舒服。我时不时地偏头痛。"

约会*

* 本篇首次发表于一八八九年二月二十三日的《巴黎回声报》；同年首次收入保尔·奥朗道尔夫出版社出版的莫泊桑小说集《左手》。

她头上戴着帽子,身上披着外套,一块黑面纱一直搭到鼻子,另一块放在口袋里,等登上罪恶的出租马车以后再加在第一块面纱上;她用阳伞的尖儿轻轻敲打着高帮皮鞋,仍然坐在她的房间里,对去不去赴这个约会犹豫不决。

两年以来,趁她丈夫——一个在上流社会颇为活跃的证券交易人——在证券交易所的时候,她曾经多少次这样穿戴着,去她的情人——英俊的

德·马尔特雷子爵的单身住宅跟他幽会。

背后的挂钟一秒钟一秒钟急促地嘀嗒响着,一本读了一半的书摊在两个窗户之间的紫檀木小书桌上;壁炉上两个精巧萨克森①花瓶里泡着的两小束紫罗兰发出的浓烈芳香,和半开的盥洗室门里悄悄溢出的淡淡马鞭草浸剂的气味混杂在一起。

时钟敲响了三点钟。她站起来,回头看了一下钟,然后微微一笑,想:"他已经在等我。他一定会恼火的。"她这才往外走,向男仆谎称她最多过一个钟头就回来,便走下楼梯,壮着胆在街上走起来。

那是五月最后的几天,在这美好的季节,田野的春天仿佛攻占了巴黎,从屋顶征服它,穿过墙壁侵入房屋,让城市鲜花盛开,在楼房正面的石头上、人行道的沥青上和马路的石板上传播欢乐;它用活力沐浴巴黎,让它陶醉,就像一座绿意盎然的树林。

哈冈夫人向右走了几步,本想像往常一样,到普罗旺斯街再叫一辆出租马车。但是柔和的空气,某些日子会涌入我们喉咙的夏天的气息,突然浸透她的身心,她改变主意,走

---

① 萨克森:德国东部的一个地区,盛产瓷器。

上了昂坦堤道街。不知道为什么;也许是想看看三一教堂①花园的树木的隐约愿望吸引了她。她想:"也罢！让他多等我十分钟吧。"这想法重又让她高兴起来,她一边在人群中小步走着,一边想象着他焦急,看表,开窗,站在门后静听,刚坐下又站起,不敢吸烟,绝望的目光频频投向香烟盒,因为她不许他约会的日子吸烟。

她慢慢地走着,遇到的一切,人的面孔和店铺都能让她分心,她越走越慢;她是那么想晚些到,所以不断在橱窗里寻找着止步不前的借口。

走到街的尽头,教堂前面那个街心小花园的绿意更是强烈地吸引着她,她穿过广场,走进花园,一个真正的儿童乐园。她围着狭窄的草坪,在头戴彩带,打扮得五颜六色、花枝招展的奶妈们中间转了两圈。然后,她拉过一张椅子坐下,抬头看着钟楼里像月亮一样圆的钟面,观察着时针的移动。

就在这时,半点钟的钟声敲响。听着叮当的钟乐,她开心得颤抖了一下。她已经赢得了半个小时,加上走一刻钟去

---

① 三一教堂:巴黎的一座天主教教堂,位于第九区圣埃蒂耶纳·德·奥尔夫广场,教堂前面有一个花园。

米洛美尼尔街，再闲逛几分钟——整整一个小时！约会的时间削掉了一个小时！她只在那儿待四十分钟，又一次约会就结束了。

天哪！到那儿去多么让她心烦！就好像一个病人上楼去牙医那儿一样，她心上还留着每次约会的难以忍受的记忆；她两年来平均每星期都跟他约会一次，想到又要再一次会面，她从头到脚都感到不舒服。并不是因为这很痛苦，像去看牙医一样痛苦，而是因为它非常烦人，那么烦人，那么复杂，那么漫长，那么难受，相比之下，一切的一切，哪怕是让人做手术，都比跟他约会更受欢迎。不过她还是去，虽然走得很慢，步子非常小，经常停一会坐一会，到处逛逛，但她还是去。噢！这一次她真不想去，但是她上个月已经连续两次让这个可怜的子爵空等，她不敢这么早又旧戏重演。为什么要再去那儿呢？啊！为什么？因为她已经养成了习惯，如果这不幸的马尔特雷一定要知道为什么，她无言以对！她当初为什么开始跟他约会呢？为什么？她已经不记得了！她爱过他吗？可能吧！不很爱，但是有一点，那是很久以前的事了！他那时穿着考究，仪表堂堂，举止潇洒，风流倜傥，乍一看，对上流社会的女人来说是个完美的情人。他追求了她三个月——这是正常的时间，因为要进行体面的斗争、足够的反抗——然后她就同意了。第一次约会时是多么激动、多么紧张、多么可怕而又迷人地恐惧；继而是在米洛美尼尔街那单身男子的小小夹层①里的那么多次约会。她的心情怎样？被他引诱、战胜、征服以后，第一次走进那噩梦般的房子的大门时，她作为女人的心是什么感受？真的，她已经不知道了！她已经忘记了！人们会记得一个行动、一个日期、一件事，但是两年以后，人们不大可能记得一股很快就飞逝的感情，因为感情是轻飘飘的。啊！比方说，她没有忘记其他的事，那一连串的约会，那爱情的苦难历程，它们一站一站是如此累人、如此乏味、如此雷同；正因为这样，一想到待会儿又要重复的情景，她简直恶心得要吐。

天哪！去那儿要叫的那些出租马车，和她平常要乘的代步的马车是多么不同啊！可以肯定，那些车夫都能猜到是怎么回事。只要看到他们看她的神情，她就能感觉得到。

---

① 夹层：指巴黎十九世纪建的某些楼房的一层楼和三层楼之间的夹层，也就是二层楼，一般比其他楼层低矮一些。

巴黎车夫的眼睛真是火眼金睛！您想呀，任何时候，在法庭上，过了好几年以后，他们还能指认出在大半夜，只有一次，他们从某条街拉到某个火车站的罪犯，而他们在一天那么多小时里和那么多人打交道！他们的记忆是那么万无一失，以致可以言之凿凿地说："就是这个人，去年七月十号，半夜十二点四十分，在殉道者街上了我的车，到里昂火车站下的车！"和一个赴约的女人把自己的名誉托付给随便遇到的马车夫所冒的危险相比，简直就没有什么冒险的事可以令人发抖的了！两年以来，为了走去米洛美尼尔街的这程路，按每个星期一次计算，她至少雇了一百个到一百二十个马车夫，那就是同样多的可以在关键时刻举报她的证人。

她坐到马车里，马上从口袋里掏出另一个像化装舞会戴的半截面罩一样的厚厚的黑面罩，蒙在眼睛上。是

的，这样可以遮住脸；但是其他部分呢？ 连衣裙、帽子、阳伞，人家已经看到，能不发现吗？ 走这条米洛美尼尔街，是多么残酷的刑罚啊！ 她仿佛认识所有的过路人，所有的仆人……所有的人。马车一停下，她就跳下车，奔跑着经过总站在他的小屋门前的守门人。这又是一个无所不知的人，他知道她的一切 —— 她的住址 —— 她的姓名 —— 她丈夫的职业 —— 一切 —— 因为这些守门人是最机灵的警察！ 两年以来她一直想收买他，不论哪一天，经过他面前的时候，递给他或者扔给他一张一百法郎的纸币。可是她没有一次有胆量做这个小动作，把这张卷起的纸币扔在他脚边。她怕。—— 怕什么？ —— 她不知道！ —— 怕他不明白，把她叫回来，提醒她丢钱了？ 怕闹出丑闻？ 怕在楼梯里引起围观？ 或者怕被拘捕？ 到子爵的门口只要上半层楼，对她来说却像圣雅各塔[①]那么高！ 一进这座房子的门厅，她就像陷入了一个翻板活门，些微的响声，不管是在她前面还是在她后面，都会让她紧张得喘不过气来。她不可能后退，因

[①] 圣雅各塔：建于1509至1523年间，是圣雅各教堂仅存的遗迹，高达五十二米，位于今巴黎第四区的圣雅各花园。

为那个守门人在那儿，街道更是封死了她的退路；如果正在这时有人从楼上下来，她就不会按马尔特雷先生的门铃，而会从他的门前走过去，就像她要去别处似的！她上呀，上呀，会爬上四十层楼！然后，等楼梯里一切都重归于静，她再小心翼翼地往下跑，生怕认不出那个夹层！

他在那儿等她，穿着丝绸衬里的华丽的天鹅绒衣裳，很漂亮，不过有点儿可笑。而且两年以来，他欢迎她的方式没有丝毫的变化，丝毫没变，连一个动作也没变！

他刚把门关上，就对她说："让我吻您的手，我亲爱的，亲爱的朋友！"然后他就跟着她走进房间。不论冬夏，房间都关着护窗板，开着灯。大概是为了有点儿情调吧，他跪在她面前，用赞赏的目光从上到下地看她。这动作，第一天很可爱，很成功！现在，她就好像看到德劳内①先生第一百二十次演一出成功戏剧的第五幕。他应该改变一下他的做法才对。

后来呢，噢！我的天！后来！那是最让人无法忍受

---

① 德劳内：全名路易－阿尔森·德劳内（1826—1903），法国演员，专演小生角色。

的！不，他就是不改变他的做法，可怜的小伙子！多么好的小伙子啊，就是太平庸！……

天哪！没有贴身女仆，自己脱衣裳多难啊！偶尔一次还行，但是每个星期都如此，那就无法忍受了！不，真的，一个男人本来就不应该要求一个女人做这种杂役！但是，如果脱衣裳困难的话，把衣裳再穿起来更是难上加难，真把人急得要大喊大叫。而他只会笨拙地围着她打转，一边说："要不要我帮您？"她恼火得要扇他的耳光。帮她！好哇！帮她什么？他能做什么？只要看到他手里拿着一根别针就知道了。

也许就是从那一刻起她开始厌恶他的。听他说"要不要我帮您"的时候，她真想杀了他。再说，一个男人两年以来不止一百二十次，强迫她在没有贴身女仆服侍的情况下自己穿衣裳，这个女人怎么可能不厌

恶他呢？

可以肯定地说，没有多少男人像他这样愚蠢，这样麻木，这样乏味的了。小个子德·格兰巴尔男爵绝不会像他这样木讷地问："要不要我帮您？"男爵那么灵活，那么有趣，那么通人情，不用说就会帮助的。就是这样！他是个外交家；他去过很多地方，见过大世面，这家伙，想必帮过穿着地球上各种各样时尚服装的女人脱衣裳穿衣裳。……

教堂的钟敲响三点三刻。她站起来，看了看表面，得意地笑了，一边小声说："噢！他一定坐立不安了！"然后，她就加快脚步，走出花园。

她还没有走十步，就和一位先生碰了个照面。这位先生向他深深一鞠躬。她大吃一惊，因为她刚才还想到他。

"啊！是您，男爵？"

"是的，夫人。"

他先问候她身体健康吗，又说了几句无关紧要的话，便说：

"您可知道，在我的女朋友当中 —— 请允许我说您是我的女朋友 —— 您是唯一没来参观过我的日本藏品的，是不是？"

"可是，我亲爱的男爵，一个女人总不能就这样去一个单身汉家呀。"

"怎么！怎么！去参观难得一见的收藏也成了一个错误！"

"不管怎样，她不能单独一个人去。"

"为什么不能？我就接待过许多单身的女人。只不过是参观一下我的收藏嘛！我每天都接待一批呢。您要我说出名字吗？——不——我不会那么做。即使不是什么见不得人的事，也应该保守秘密。原则上，在一定的情况下，到一个严肃的名人家去并没有什么不妥，除非有什么不可告人的原因！"

"其实呢，您说的是相当在理的。"

"那么，您就来看看我的收藏吧。"

"什么时候？"

"立刻呀。"

"不可能，我有急事。"

"算了吧。您在花园里已经待了半个小时了。"

"您在监视我？"

"我只是在看您。"

"真的，我有急事。"

"我敢肯定不是这样。承认吧，您没有急事。"

哈冈夫人笑了起来，承认：

"是的……是的……没有……太……"

一辆出租马车正从他们身旁经过。矮小的男爵喊道："车夫！"马车停下了。接着，车门打开。

"请上车，夫人。"

"可是，不行，这不可能，我今天实在不行。"

"夫人，您这样做是不谨慎的。上车吧！已经有人在看我们了，您就要招人围观了；别人会以为我绑架您，把我们俩都拘捕呢。上车吧，我求您啦！"

她震惊得昏头昏脑，便上了车。他在她身旁坐下，吩咐车夫："普罗旺斯街。"

不过她突然大喊：

"啊！我的天哪！我忘了发一封很紧急的快递信[①]，您能先把我送到最近的快递信局吗？"

出租马车在稍远的沙托顿街停下，她对男爵说：

---

① 快递信：当时巴黎城内有一种从气送管通过气压传送的快递邮件，是每张价值五十生丁的蓝色卡片，在一面写好信文，将卡片折成两折，将卡片边缘润湿，封起来，另一面写收件人姓名地址。

198

"您能替我买一张五十生丁①的快递信卡片吗？我答应过我的丈夫请马尔特雷明天来吃晚饭，我完全忘了这件事。"

等男爵手里拿着蓝色的卡片回来，她用铅笔写上：

我的朋友，我很不舒服，我神经痛，卧床不起，不可能出门。请明天来吃晚饭，到时向您道歉。雅娜。

她把卡片的胶边儿润湿了，小心地封上，写上地址："德·马尔特雷子爵，米洛美尼尔街二百四十号"，然后把卡片交给男爵。

"现在，麻烦您把它投进快递信箱好吗？"

---

① 生丁：法国旧时辅币，五生丁等于一个苏，一百生丁等于一法郎。

港口 *

* 本篇首次发表于一八八九年三月十五日的《巴黎回声报》；同年首次收入保尔·奥朗道尔夫出版社出版的莫泊桑小说集《左手》。

1

三桅横帆船"护风圣母"号于一八八二年五月三日驶离勒阿弗尔，远航中国海域，历经四年的辗转奔波，终于在一八八六年八月八日返抵马赛①港。它先去中国港口卸下第一批货，就地接载了一批新货赶往布宜诺斯艾利斯②，从那里又装了商品转赴巴西。

另外的几段航程，加上海损、大修、动辄数月的无风期和把船刮得偏出航线的大风，总之，种种的事故、险情和灾难，让这艘诺曼底的三桅帆船长期远离祖国，直到今天才载

---

① 马赛：法国东南部濒临地中海重要港口城市，今罗讷河口省省会，普罗旺斯-阿尔卑斯-蓝色海岸大区首府。
② 布宜诺斯艾利斯：阿根廷首都，地处拉普拉塔河口，濒临大西洋。

着满舱的马口铁盒的美洲罐头食品回到马赛。

启程时,除了船长和大副,还有十四名水手,八个是诺曼底人,六个是布列塔尼①人。回来时,只剩下五个布列塔尼人和四个诺曼底人了;有一个布列塔尼人在航程中死掉,四个诺曼底人在不同情况下失踪;两个美国人、一个黑人和一个挪威人补了他们的缺,这个挪威人是一天晚上在新加坡的一间酒馆里收罗来的。

这条大船收起帆,卷起的帆悬在桅杆上成十字形,由一条呼哧喘息的马赛拖轮拽着。风突然停息,浪逐渐平静,船在余波上滑行。它驶过伊夫岛②,接着又经过一些礁岩,驶向被夕阳蒙上一层金黄色水汽的锚地,进入了老港③。来自世界各地的船只,舷挨着舷,沿码头挤个水泄不通。这些船杂乱无章,有大有小,式样纷呈,装备各异,浸在这过于狭

---

① 布列塔尼:法国西北的一个有着悠久历史和文化的地区。今布列塔尼大区含四省:阿摩尔海滨省、菲尼斯泰尔省、伊勒-维莱纳省和莫尔比昂省,大区首府雷恩。
② 伊夫岛:地中海上的一个小岛,面临马赛城,古代曾为监狱,因大仲马小说《基督山伯爵》对它的描写而著名。
③ 老港:马赛港的主要码头,历史悠久,也因大仲马小说《基督山伯爵》对它的描写而著名。

小的港湾里，就像一盆船只的普罗旺斯鱼汤①；船体在满港的臭水里，就像泡在船汤里一样互相摩擦碰撞。

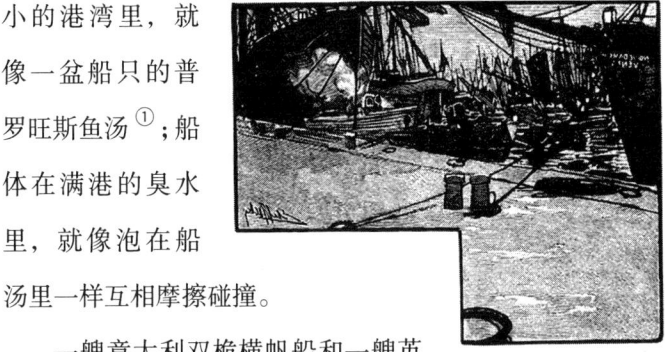

一艘意大利双桅横帆船和一艘英国双桅纵帆船给这位伙伴腾了个空儿，"护风圣母"号才得以靠岸停下。办完海关和入港手续，船长就允许三分之二的船员上岸去消磨一个晚上。

夜晚已经来临。马赛城灯火通明，充满人声、车声、马鞭声和南方欢快的气氛。在这炎热的夏日傍晚，在这喧闹的城市上空，随风飘荡着带有蒜味的厨房的菜香。

一上岸，十个在海上颠簸了好几个月的男子汉就开始慢慢地往前走。他们好像来到一个陌生的国度，迟迟疑疑的，已经不习惯城市的环境。他们两人两人的，就像举行仪式的队列。

---

① 普罗旺斯鱼汤：一种普罗旺斯美食，由各种海鲜加作料烹制而成。

他们一摇一晃地走着，摸索着方向，用嗅觉探察着通到港口的那些小街。在海上的最后两个多月里不断增强的性的饥渴，令他们兴奋不已。几个诺曼底人走在前面，带头的是塞莱斯坦·杜克洛，一个强壮、机灵、个头高高的小伙子，每次上岸他就成了其他人的领队。他总能猜得出什么地方好，别出心裁地找乐子，而又很少冒失地卷入港口里经常发生的水手间的斗殴。不过万一卷进去了，他可是什么人也不怕。

一条条昏暗的街道像阴沟一样顺坡而下直到海边，而且涌出浓重的臭味，一种贫民窟的气味。几经犹豫，塞莱斯坦选定了一条像走廊一样曲曲折折的路，每一家的门上都亮着一盏伸出来的灯，灯罩的彩色毛玻璃上标着老大的号码。狭窄的门槛下，都有像女佣人似的系着围裙的女子，坐在麦秸垫的椅子上，见他们走过来就连忙站起，三步两步走到把街道一分为二的阳沟边，截住这帮小伙子。这时他们正低声唱着，嬉笑着，慢慢往前走；娼妓们的牢房近在眼前，他们已经心急火燎。

有时候，在门厅尽头，包着褐色皮子的第二道门突然打开，走出一个不穿外衣的胖姑娘，粗壮的大腿和肥肥的腿肚子，透过大网眼的白线紧身内衣看得一清二楚。她的裙子短得仿佛是一条蓬松的腰带，胸脯、肩膀、胳膊上软塌塌的肌肉在黑丝绒镶金边的胸衣上露出粉色的斑点，显得很刺眼。她远远地招呼着："还不快来，帅哥们？"偶尔还会亲自走过来，攀住他们当中的一个，就像一个蜘蛛拖着一个比它还大的虫子，铆足了劲地往她的门里拽。那男人被这种接触撩得兴奋起来，有气无力地推拒着；其余的人停下来看，想立刻进去，又想再延长一会儿这吊胃口的漫步，犹豫不决。后来，那女人死乞白赖终于把那个水手拖到门口，眼看着这帮人全都要跟着他落入陷阱，对窑子的好坏了如指掌的塞莱斯坦·杜克洛突然大叫："别进去，玛尔尚，这地方不行。"

那个水手听到他的喊声，马上服从，猛地一甩，脱身出来；大伙儿重新整好队形继续往前走，身后还回响着那个气急败坏的姑娘的污秽的谩骂声。而在他们前面的整条小街上，有一些女人听到吵闹，从各自的门里出来，用嘶哑的嗓音招徕他们，保证让他们样样满意。一边是街上坡爱情的守门人争相宣布的许诺和诱惑，一边是街下坡遭到轻蔑的失望的姑娘争相发泄的恶毒诅咒，他们越走越兴奋。他们不时地会遇到另一帮人：佩刀碰在腿上铿锵作响的军人，和他们一样的水手，独来独往的小市民以及店员。走几步就可以看到一条密布着暧昧的标志灯的小街。他们就这样在这低级声色场的迷宫里，在渗着臭水的滑腻的石子路上，在充斥着女人肉体的墙壁中间漫步。

终于，杜克洛作出决定，在一所看上去门面比较好的房子门口停下，叫大伙儿都进去。

2

玩得果然尽兴！四个钟头里，这十个水手饱尝了爱和酒，六个月的工资也挥霍一空。

他们一走进咖啡大厅就受到阔爷般的款待。他们用嘲弄的眼光瞟着被安排在偏僻小桌上的普通的常客。闲着的姑娘虽多，却只有一个姑娘，穿得像胖娃娃，或者说像音乐咖啡馆的歌女，跑来跑去伺候这些人，然后就在他们身边坐下。

新来的这帮水手一到，就每人挑选了一个整晚都要留在身边的女伴，因为一般百姓是不喜新厌旧的。他们把三张桌子并起来；喝完满满的头杯酒，两人的队伍就变成了单人，和水手的数目相等的女人加进来，在楼梯上重新整队。每一对儿四只脚踏在木质阶梯上响了好久，直到这支长长的爱情纵队在一间间客房的窄门里消失。

完了事，他们下楼来喝酒，然后又上楼，然后又下楼。

现在，人快醉了，嘴就欢起来！个个都两眼通红，怀里坐着喜爱的女人，有的叫喊，有的唱，用拳头敲着桌子，往嗓子里灌着酒，尽情发泄着人类的粗野本性。塞莱斯坦·杜克洛在伙伴们中间，紧搂着一个骑在他腿上的高个儿红脸蛋的姑娘，贪婪地瞅着她。他醉得没有其他人那么厉害，倒不是酒喝得少，而是还动着脑筋；他是个很温存的人，想谈谈心。他的头脑已经有点不听使唤，乱一阵，清醒一阵，然后又彻底乱了，连刚才想说的话也想不起来了。

他笑着，啰里啰唆地问：

"这么说，这么说……你在这儿很久啦？"

"六个月啦。"那姑娘回答。

他好像对她感到十分满意,仿佛这是操行优良的一个证明似的;接着又问:

"你喜欢这一行吗?"

她犹豫了一下,无奈地说:

"慢慢就习惯了。也不见得比干别的差。做佣人也好,当婊子也好,反正都是肮脏的行当。"

这倒是实在话,他再一次露出赞同的表情。

"你不是本地人吧?"他说。

她没有回答,而是用头做了个"不"的动作。

"从很远的地方来的吧?"

她用同样的方式做了个"是"的表示。

"从哪儿来的?"

她好像在思索,在慢慢回忆,然后才喃喃地回答:

"佩皮尼昂①。"

他再一次显出满意的样子,说:

"啊,原来如此!"

---

① 佩皮尼昂:法国南部东比利牛斯省的一个城市,靠近地中海。

现在，轮到她问了：

"你呢，你是水手？"

"是呀，我的美人儿。"

"你是从很远的地方来的吧？"

"是呀！我见过很多地方，很多港口，什么都见过。"

"你已经兜了地球一圈了吧，也许？"

"那还用说，不止一圈，已经有两圈了。"

她又显出犹豫的神情，像是在脑海里寻找一件已经遗忘了的事，然后，用有点不同的严肃些的声调问：

"你一路上遇到过很多船吧？"

"那还用说，我的美人儿。"

"你是不是碰巧遇见过'护风圣母'号？"

他微微一笑：

"那不过是上个星期的事。"

她的脸变得煞白，一点血色也没有了。她问：

"真的，是真的吗？"

"真的，就像我在跟你说话一样。"

"你该不是在撒谎吧？"

他举起手。

"善良的天主作证！"

"那么，你知道塞莱斯坦·杜克洛还在船上吗？"

他大吃一惊，开始不安起来；不过，在回答以前，他想多了解一点情况。

"你认识他？"

现在轮到她多个心眼儿了。

"哦，不是我，有一个女人认识他。"

"是这儿的一个女人？"

"不，是附近的。"

"就在这条街上？"

"不，在另一条街上。"

"什么样的女人？"

"嗨，一个女人呗，一个像我一样的女人。"

"找他干什么，这个女人？"

"我也跟你说不清，同乡吧！"

他们互相注视着，窥探着，已经感到、猜到彼此之间就要出现什么严重的事。

他又问：

"这个女人，我能见见吗？"

"你要对她说什么呢?"

"我要告诉他……我要告诉他……我看见过塞莱斯坦·杜克洛。"

"他至少身体还好吧?"

"不比你我差,小伙子挺结实。"

她又不言语了,像在回忆什么,过了一会儿,才慢吞吞地问:

"那'护风圣母'号,它要往哪儿开?"

"其实,它就在马赛呀。"

她惊讶得不禁跳了起来。

"真的?"

"真的!"

"你认识杜克洛?"

"是呀,我认识。"

她又犹豫了一会儿,然后轻轻地说:

"好。这就好!"

"你找他干什么?"

"听着,你告诉他……不,什么也不要告诉他!"

他看着她,越来越觉得不对劲儿。终于,他决心弄个明白。

"你,你也认识他?"

"不。"她说。

"那么,你找他干什么?"

她突然下定决心,站起身,跑到女掌柜坐镇的柜台前,拿起一个柠檬,切开,把柠檬汁挤到一个玻璃杯里,然后往杯子里倒满水,端回来:

"喝下去!"

"为什么?"

"为了醒醒酒。下面我还有话要对你说。"

他顺从地喝了,用一只手背抹了抹嘴,说:

"好了,你说吧。"

"你要答应我,不告诉他你见过我;也不告诉他,你是从谁那儿知道我要对你说的事。你得发誓。"

他滑头地举起手:

"好，我发誓。"

"向天主保证？"

"向天主保证。"

"好啦，你就告诉他，他的父亲死了，他的母亲死了，他的哥哥也死了，他们得了伤寒，三个人是在一个月内死的，那是一八八三年一月，都三年半了。"

现在轮到他感到浑身血液沸腾；他万分震惊，好一会儿说不出话来。他不相信这是真的，于是问：

"你敢肯定？"

"我敢肯定。"

"谁告诉你的？"

她双手按着他的肩膀，紧盯着他，说：

"你发誓不跟外人说？"

"我发誓。"

"我是他妹妹。"

他不由自主，蹦出这个名字：

"弗朗索瓦丝？"

她重又仔细端详了他好一会儿；一阵疯狂的恐惧和深深的惶惑让她难以平静，她用很低很低、几乎没出口的声音喃喃地说：

"啊！啊！是你吗，塞莱斯坦？"

他们全都愣住了，你看着我，我看着你。

在他们周围，伙伴们仍然在大喊大叫。碰杯声，敲打声，合着乐曲跺鞋后跟的响声，以及女人们的尖叫声，同喧闹的歌声混成一片。

他感觉得到坐在自己的腿上、紧紧搂着他的这个女孩儿浑身发热，惊骇不已；她是自己的妹妹哟！他怕让人听见，把声音压低了，低得几乎连她都听不清：

"糟糕！瞧咱们干的好事！"

她顿时满眼泪水，结结巴巴地说：

"这难道是我的错？"

不过他突然转问：

"这么说，他们都死了？"

"他们都死了。"

"父亲，母亲，和哥哥？"

"我刚说了，三个人是在一个月里死的。只剩下我，除了几件旧衣服，什么也没有；因为三个人看病、吃药、下葬欠人家钱，我把几件家具也抵了债。

"没法儿,我只得去卡舍老板家当佣人,你也认识的,就是那个瘸子。我那个时候才十五岁,你走的时候我还不满十四岁呢。我跟他失了身。都怪我年轻,太糊涂。后来我去给一个公证人做女佣,他也跟我乱来,还把我带到勒阿弗尔去租了一间房。没多久他就一去不回头了;我一连三天没有吃的,又找不到活儿干,就像很多女人一样进了窑子。我呢,我也到过不少地方!唉!可是到处都一样肮脏!鲁昂,埃夫勒①,里尔②,波尔多③,佩皮尼昂,尼斯④,还有我眼下待的马赛!"

她鼻涕眼泪一起流,弄湿了她的脸,流进了她的嘴。

她又说:

"我以为你也死了,你,我可怜的塞莱斯坦。"

他说:

"我一点儿也没认出你来,你当时是那么小,现在长这么大了!可你,你怎么也没认出我来呢?"

---

① 埃夫勒:法国西北部厄尔省的一个城市。
② 里尔:法国北方的重要工业城市,今为上法兰西大区诺尔省省会。
③ 波尔多:法国西南部重镇,今属新阿基坦大区吉伦特省,大区首府。
④ 尼斯:法国东南部濒临地中海重镇,普罗旺斯-阿尔卑斯-蓝色海岸大区滨海阿尔卑斯省省会。

她做了一个非常歉疚的手势。

"我见过的男人太多了,在我的眼里所有的男人都一样了!"

他始终目不转睛地看着她,说不出的难受,真想像挨打的小孩子一样大哭大叫一场。他依然抱着她坐在自己的腿上,两手摊开托着她的后背。他端详了好一会儿,终于认出了她,这就是他的小妹妹,在他远渡重洋的时候,留下她在家乡,眼看着所有的亲人死去。于是,他突然用水手的大巴掌捧住这张终于忆起的脸,亲吻起来,这一次可是手足亲情。接着,一声声像海浪一样悠长的男子汉的呜咽,涌上他的喉咙,仿佛是在打酒嗝。

他结结巴巴地说:

"又看见你啦,又看见你啦,弗朗索瓦丝,我的小弗朗索瓦丝……"

说罢,他猛地站起身,用大得吓人的声音诅咒,同时狠命地捶了一下桌子，把酒杯都震落在地上摔碎了。然后，他迈了两三步，晃了几晃，两手一伸，就脸朝下倒下去。他一边在地上打滚，一边喊叫，拳打脚踢着地板，而且发出临终咽气似的呻吟。

伙伴们见他这个样子，哄然大笑。

"他醉得好厉害。"其中一个人说。

"得送他去睡一会儿，"又有一个人说，"他现在出去，立刻就会被投进大牢。"

他口袋里还有点钱，女掌柜就租给他一张床。几个伙伴，尽管自己也醉了，站不稳当，还是架着他，经过那道窄窄的楼梯，一直把他拖到刚才接待他的那个女人的房间。而那个女人就坐在这张罪恶的床脚的一张椅子上，和他一样不停地哭着，一直守到第二天早晨。

死去的女人 *

＊ 本篇首次发表于一八八七年五月三十一日的《吉尔·布拉斯报》；一八八九年首次收入保尔·奥朗道尔夫出版社出版的莫泊桑小说集《左手》。

我曾经忘乎所以地爱过她！为什么要爱？在这世界上，看不到别人，眼里只有一个人；头脑里没有别人，只想着一个人；心里只有一个渴望；嘴里只有一个名字，只有一个不断涌出，像泉水一样涌出，从灵魂深处涌到嘴边，说了一遍又一遍，像经文一样反复念叨，到处念叨的名字，这岂不荒唐？

我不会去讲述我们的故事。爱情故事只有一个，而且永远雷同。

我遇到了她,爱上了她。就是这样。我在她的爱抚里,在她的怀抱里,在她的目光里,在她的连衣裙里,在她的话语里,被包裹、捆绑、关闭在所有来自她的一切里,完完全全地,不论白天和黑夜,生活了一年;我是活着还是死了,是在古老的地球上还是在别处,都浑然不知了。

现在她已经死了。怎么死的?我不知道,我已经记不得了。

一个下雨的晚上,她回家时湿漉漉的;第二天,她就咳嗽。她咳嗽了将近一个星期,卧床不起。

发生了什么事?我记不得了。

来了几个医生,开完药方就走了。有人送了些药来;一个女人服侍她喝了。她的手滚烫,她的脑袋发烧而且潮湿,她目光灼灼而又忧伤。我跟她说话,她回答我。我们说了些什么？我记不得了。我全忘了，全忘了，全忘了！她死了。我只清楚地记得她的轻轻的叹息，她那非常微弱的轻轻的叹息，她最后的叹息。女看护说了声："哎呀！"我就明白了，我就明白了！

后来我什么也不知道了。一点也不知道了。我看见一个神父说出这样的话："您的情妇。"在我看来他是在侮辱她。既然她已经去世，人们就没有权利说这种话。我把他赶走了。又来了一个神父，很友善，很和气，他谈她的时候，我哭了。

关于下葬的事，人们仔细征求过我的意见。我都记不得了。然而我清楚地记得那口棺材，还有把她钉在里面时一下下的锤声。啊！我的天！

她下葬了！下葬了！她！被埋在这洞穴里了！来了几个人，几个朋友。我赶紧离去。我跑起来。我走过一条又一条街，走了很长时间。然后我回到家里。第二天，我就动身去旅行。

昨天，我回到巴黎。

我又看见我的房间，我们的房间，我们的床，我们的家具。这座房子全都还像死者生前一样，我感到，而且是那么强烈地感到，悲伤也随我回来了，我差一点要打开窗户，跳到下面的街上。我不能再待在这些东西中间，我不能再待在这些容纳过她、庇护过她的墙壁中间，在那些看不见的缝隙里大概还保留着她、她的肉体和气息的无数原子。我拿起礼帽就往外跑。突然，走到门边的时候，我从过厅的镜子前面经过，那是她让人放在那儿的。她每天出去前都要在镜子里从头到脚打量自己，看看整个打扮是否完美，她的形象，从短筒靴到头饰，是否得体又漂亮。

我在镜子前面戛然止步。这面镜子是那么经常地映照着她，那么经常，那么经常，它应该还保留着她的形象。

我站在那里，激动得直打哆嗦，眼睛凝视着镜面。镜面平平的、深深的、空空的，但是它曾经像我，像我的深情的眼睛一样，整个儿容纳和拥有过她。就好像我也爱上这面镜子似的，我用手摸摸它，它是凉的！啊！记忆！记忆！痛苦的镜子，燃烧的镜子，活的镜子，可怕的镜子，让人备受折磨的镜子！有些人真幸福，他们的心像是镜子，里面的影像能移动和消失，它能忘记容纳过的一切，忘记在它面前发生过的一切，忘记怀着柔情蜜意端详和映照过的一切！我多么痛苦啊！

我走出家门，不由自主地、不知不觉地向公墓走去。我找到了她的简朴的坟墓，一个大理石十字架上面刻着这些字样：

她爱过，被爱过，已故。

她就在那里，在地下，已经腐朽！多么可怕啊！我额头触着地面，泣不成声。

我在那里待了很久，很久。后来，我

发现夜晚正在来临。这时，一个荒诞的、疯狂的、绝望的情人才会有的愿望控制了我。我要在她身边过夜，过最后一夜，在她的坟上痛哭一场。但是人家会看见我，驱赶我。怎么办呢？我这个人很会想主意。我站起来，在这逝者的城市里游逛。我走呀，走呀。和另一个城市，人们生活的城市相比，这个城市多么小啊！但这里的死人却比那里的活人数量多得多！

为了四代人能够同时看到阳光，喝到泉水，喝到葡萄园的葡萄酒，吃到平原的面包，我们需要高楼、街道，需要那么多的地方。

而为了祖宗八代的逝者，为了一级级一直下降到我们这一级的人类的整个阶梯，几乎什么也不要，只要一块地，几乎等于零！大地把他们回收，遗忘把他们抹去。永别吧！

走到死者居住的墓地的尽头，我突然发现一片被遗弃的墓地，早年的逝者正在那里完成和泥土的混合，十字架正在腐朽；明天，将会有新来者在那里入住。这里面长满了野蔷薇、乌黑苍劲的万年青，真正是一个人肉滋养的悲凉然而凄美的花园。

我独自一人，孤孤零零一个人。我在一棵绿树下蜷缩成一团，把整个身体藏在茂密和晦暗的枝叶间。

我等着，像一艘沉船上的遇难者一样，紧紧搂着树干。

等夜已经很黑很黑，我就离开我的藏身处，迈着碎步，蹑手蹑脚，在这满是死人的土地上轻轻走起来。

我绕来绕去走了很久，很久，很久。我怎么也找不到她。我伸着胳膊，睁大眼睛，一个劲地走；我的双手、双脚、膝盖、胸膛，甚至是脑袋，不停地磕碰着坟墓，也没有找到她。我像盲人探路一样探索着，我摸索着那些墓石，那些十字架，那些铁栅栏，那些玻璃花圈，那些凋谢了的鲜花圈！我用手指读着那些名字，让手指在字母上漫游。多么黑的夜晚！多么黑的夜晚！我怎么也找不到她！

没有月亮！多么黑的夜晚！我很害怕，走在这些狭窄的小路上，两排坟墓之间。坟墓！坟墓！坟墓！还是坟墓！左边，右边，前面，周围，到处都是坟墓！我在一个坟墓上坐下，因为我的膝盖发软，我再也走不动了。我听见自己的心跳！我也听见别的声响！什么声响？一个说不出名字的模糊的响声！这响声是从我发了疯的头脑里，还是从伸手不见五指的黑夜里，或者从神秘的土地下，从散播着人的尸体的土地下发出来的呢？我四面张望！

我在那里待了多久？我说不清。我恐惧得瘫痪了，我被恐怖吓糊涂了，几乎要号叫，差一点一命呜呼。

突然，我好像听见我坐的那块大理石墓盖在动，就好像有人把它顶了起来。我猛地一跳，扑到旁边那座坟墓上。我看见，是的，我看见，我刚刚离开的那块石盖笔直地立了起来；死人出现了，一副赤裸的骸骨，从它弯着的背上把石盖翻倒在地。尽管夜色很深，但我看得见，我看得非常清楚。

在那十字架上，我能辨认出：

这里长眠着雅克·奥利旺，殁于五十一岁。他挚爱家人，正直，善良，在我主赐予的安宁中去世。

这时，那个死人也在读他自己的坟墓上写的字。然后，他从路面上捡起一块石头，一块尖尖的小石头，开始仔细地刮这些字。他用空洞的眼睛看着刚才刻着字的地方，慢慢地把这些字全部刮去；然后，他又用他的食指的骨头的尖端，像人们用火柴头在墙壁上涂画一样，用发光的字母写出这些字句：

> 这里长眠着雅克·奥利旺，他殁于五十一岁。为了继承父亲的财产，他以其冷酷无情加速了父亲的死亡，他虐待妻子，折磨子女，欺骗邻居，偷盗成性，最后死得很惨。

写完以后，这个死人一动不动，端详着他的作品。当我转过身，我发现所有的坟墓都打开了，所有的尸体都出来了，他们都把家人在墓碑上写的谎言抹掉，在那里恢复了真相。

我看到他们全是自己亲人的刽子手，他们恶毒、不诚实、虚伪、说谎、狡猾、诽谤、嫉妒，这些慈祥的父亲、忠实的妻子、孝顺的儿子、贞洁的姑娘、诚实的商人、所谓无可挑剔的男男女女，他们偷盗、欺骗，可耻可恶的事无所不为。

他们全都同时在写，在他们永恒的居所的门上写下大家都不知道或在世时装作不知道的残酷、可怕的神圣真相。

我想，"她"也应该在自己的坟墓上留下了字迹。我现在不害怕了，我在掀开的棺材中间、在尸体中间、在骷髅中间奔跑；我向她跑去，确信很快就能找到她。

我老远就认出了她，无需看到她那用裹尸布包着的面孔。

我刚才读到过她的大理石十字架上的字：

　　她爱过，被爱过，已故。

我现在发现，它变成了：

有一天，她背着自己的爱人外出偷情，淋雨着凉而死。

据说天亮时，在一座坟墓旁，人们抬走了失去知觉的我。
…………

病人和医生 *

＊　本篇首次发表于一八八四年五月十一日的《高卢人报》；一九五七年收入阿尔班·米歇尔出版社出版由阿尔贝－玛丽·施密特编的《莫泊桑中短篇小说集》第二卷。

记忆真是个神奇的奥秘！您在五月初的阳光下，在大街上径直往前走着，忽然，就好像一扇扇关闭了很久的门在记忆里打开了一样，一些忘却的往事重又出现在眼前。它们一件接一件地闪过，让您重温过去的时光，遥远的时光。

为什么时不时会这样突如其来地回到往昔呢？谁知道？一股飘浮的气味，一个那么轻微、过去根本没注意，但我们的某个器官现在辨认出来的感觉，一次战栗，一道照亮眼睛的同样的阳光，或者一种响声，一件在彼时彼地轻擦而过，但我们现在又遇到的微不足道的小事，都会突然让我们重见脑海里消逝已久的一个地方，一些人，一些事件。

为什么在香榭丽舍大街的栗树下，一股载着气味和树叶的风，会突然让我想起奥维涅①的一条路，一条沿山的大路？

左边，两座山峰之间，高耸着多姆山②巍峨雄伟的锥体；在这沉重的巨人周围，远远近近，簇立着一大群山峰。其中有许多就像被截去了脑袋似的，那里从前曾喷吐过火焰和浓烟。火山熄灭了，死去的火山口变成了湖泊。

右边，可以俯视无边的平原，平原上散落着一个个村庄和城市，富饶而又林木繁盛，那就是利马涅③。越往高处走，看得越远，一直可以看到另一些山，那就是弗莱兹山脉④。这整个广阔无垠的天际蒙着淡淡、薄薄的乳白色的水蒸气。奥维涅的远景在透明的薄雾中更显出无限的魅力。

大路两边种着高大的核桃树，因此它几乎总是能避免烈日的暴晒。山坡上到处是开着花的栗树，花束比叶子的颜色淡，掩映在深绿的叶丛里，看上去就好像是灰色的。

---

① 奥维涅：法国中央高原中部的一个具有历史文化特点的地区，旧时的一个省，现为奥弗涅-罗纳-阿尔卑斯大区的一部分。
② 多姆山：法国奥维涅地区中央高原普依山脉著名的死火山之一，海拔一四六五米；该火山所在的省称多姆山省。
③ 利马涅：法国奥维涅地区中部的一个大平原，主要在多姆山省境内。
④ 弗莱兹山脉：法国奥维涅地区中央高原的一条山脉。

山尖上时不时出现一座已成废墟的小城堡。在这片土地上城堡鳞次栉比，不过全都形状雷同。

在一座装饰着雉堞的规模宏大的方形古堡的上方，耸起一个塔楼。墙上没有窗户，只有些几乎看不见的窟窿。这些堡垒就像山蘑菇一样在高处拔地而起。它们都是用灰色的石头建造的，而这些灰色的石头不是别的，就是火山的熔岩。

沿途可以遇见一些牛车，拉着像小山一样的干草垛。两个牲口在陡急的下坡路和上坡路上缓慢地前行，拉着巨大的负荷往上坡爬，或者抵着它避免滑坡。赶车人走在前面，用长长的软鞭杆时不时触一下拉车的牛，调整着它们的步伐。他从来不鞭打牛。他特别像一个乐队的指挥，通过小木棍的运动来引导牛。他支使牲口的动作很庄重，经常会转过脸表明他的意愿。除了拉驿车或者出租马车的，从来看不到马。天热的时候，路上的尘土被风扬起，带来甜甜的气味，有点像香草，又让人联想到牛圈。

整个地区都弥漫着芬芳植物的香味。葡萄园花儿刚谢，散发出甜蜜美妙的馨香。栗树、刺槐、椴树、松树、干草和沟壑里的各种野花，都夹带着淡淡的持久的香气。

奥维涅是病人的乐土。所有它的那些死火山都像是封闭的锅炉，在地球的肚子里加热着各种性质的矿泉水。从这些隐藏的大锅里流出许多热泉水，据有关的医生说，水里包含的治疗各种病症的药物应有尽有。

一个农民发现一条流着热水的小溪，周围便建立起温泉疗养站。围绕着每一个温泉站都上演着一整出令人惊叹的活剧：首先是乡下人出卖土地，继而是组成一家有几百万虚构资本的公司，再后来是用假想的资金和真实的石头建筑起一个疗养站的奇迹，设置第一个有医务监察头衔的医生，招来第一个病人，然后就永远是这病人和这医生之间微妙的喜剧。

在一个观察家看来，每一个水城都是一座喜剧的加利福尼亚①，每一个医生，从英国式的打着白领带、举止得体的大夫，到既风趣又狡猾、玩世不恭，还向朋友津津乐道其手段和诀窍的大夫，都是一个饶有兴味的典型。

在这两种类型的医生之间，还可以遇到慈父般和老好人

---

① 加利福尼亚：美洲印第安的土地，后沦为西班牙殖民地，一八五〇年成为美国的第三十一州。一八四八年金矿的发现掀起淘金的热潮，促进了经济的大发展，成为"美国梦"的象征。

似的大夫，讲究科学的大夫，粗暴的大夫，招女人喜欢的大夫，留长头发的大夫，风度翩翩的大夫和许多其他类型的大夫。每一个类型的大夫都肯定能找到和他的类型相应的病人，他的头脑简单的顾客群。在他们之间，在每一个旅馆的房间里，每一天都在重新上演莫里哀[①]没有说尽的精彩闹剧。啊！这些医生，如果他们愿意说的话，关于病人，他们可以给我们提供多么生动感人的记录，多么丰富多彩的资料啊！

不过，偶尔，酒足饭饱之后，他们也会把自己亲历的千百桩奇遇略述一二。

正是他们中的一位，头脑灵活，想出这个奇妙的主意，在报纸上宣告他发现了B……，这种矿泉水可以延年益寿。再说，他的这种矿泉水没有任何秘密。他只是通过盐、矿物质、气体对机体的作用，对它加以科学的解释罢了。

他甚至就这一发现写过一本篇幅很长的小册子，其中还介绍了附近那些值得散步游玩的场所。

[①] 莫里哀：本名让·波克兰（1622—1673），法国喜剧作家和演员，作品有《伪君子》《悭吝人》等。

不过口说无凭，还需要一些实证。他为此作了一次短途旅行，专门寻找百岁老人。

一般来说，贫穷人家都不大注重赡养没有用处的父母，一年里有六个月把他们交给他。他把他们安置在一个优雅的别墅里，给这个别墅起名叫"百岁翁休养院"。所有人都不到一百岁，但是所有人都接近一百岁。这就是他的广告，绝妙的广告。治疗已经算不了什么，活着便是一切。这些矿泉水的功能并不是治疗，而是让人活着！肝、气管、喉、肾、胃、肠，管它好不好。只要人能活着就好。

这个伟大的人物，有一天心情愉快，讲述了这样一桩奇事。

一天早上，他被请去见新来的旅客D先生。D先生是前一天晚上到的，租了紧挨"帝王泉"的一座小楼。这是一个八十六岁的小老头，精力还充沛，干瘦、健康、活跃，而且处心积虑地向人隐瞒他的年龄。

他请医生坐下，立刻就向医生提起要求来。他说：

"大夫，如果说我身体好，那是由于我讲究卫生。我还不很老，虽然上了一定的年纪，可是我靠了讲究卫生，别说大病小病，连最轻微的不舒服都避免了。你们断定这个地区的气候对健康很有益处；我很愿意相信这一点，不过决定在这里定居以前，我希望先得到一些证明。所以我请您每星期到我这儿来一趟，给我准确地提供以下的情况：

"我首先希望得到本城和附近所有八十岁以上居民的完整名单，要完整无缺。我也需要关于他们的身体和生理方面的详细材料。我希望了解他们的职业、他们的生活方式、他们的习惯。每当他们中间有一个人去世，请您务必通知我，并且向我说明他们死亡的确切原因以及有关的情况。"

接着，他和蔼可亲地补充道：

"我希望，大夫，我们能成为好朋友。"他伸出满是皱纹的小手。医生紧握他的手，答应一定全力配合。

从他获得本地十七个八十岁以上居民的名单那一天起，D先生就感到心里对这些自己将要眼看着相继倒下的老人萌生了一种新的兴趣，一种前所未有的关注。

他并不想认识他们，大概是怕找到自己和他们中的某个不久就要死去的人有什么相似之处，这将会对他是一个打击；但他要对他们的身体了如指掌，每星期四医生在他那儿吃晚饭的时候，他跟医生谈论的只有他们。他会问他：

"喂！大夫，普安索今天怎么样？我们上星期谈他的时候，他有些不舒服。"医生介绍完病人的健康情况，D先生会建议对饮食做一些改变，进行一些试验，或者使用一些新的治疗方法；如果对其他老人行之有效，他以后也可以用在自己身上。这十七个老人成了一块试验田，供他从中汲取教义。

一天晚上，大夫一边走进来一边宣布：

"罗萨丽·图吕尔死了。"

D先生打了个寒战，立刻问：

"怎么死的？"

"心绞痛。"

小老头"啊！"的一声，松了一口气，接着说：

"她太肥了，太胖了。这个女人，她一定是吃得太多了。我到了她这个年纪，会更谨慎小心。"

他比她还大两岁，但他只承认自己有七十岁。

几个月以后，这回是昂利·布里索过世了。D先生很紧张。这一次是一个男人，一个瘦子，跟他同岁，只相差大约三个月，而且是个谨小慎微的人。他不敢再问，等着大夫说，可是他又放心不下：

"啊！他就这么样，一下子死了？他上个星期身体还很好。他一定是做了什么不谨慎的事，是不是，大夫？"

医生觉得很有趣，回答：

"我想不是，他的孩子们对我说他很注意。"

D先生忧心忡忡，再也忍不住了，又问：

"不过……不过……不过他是死于什么病呢？"

"胸膜炎。"

这真让人高兴，太让人高兴了。小老头拍着两只干瘦的手："当然，我早就跟您说嘛，他一定是做了什么不谨慎的事。一个人不会无缘无故害胸膜炎。他一定是晚饭后想到外面透透空气，胸口着凉了。胸膜炎！这，这是一桩意外事故，这甚至不是一种病！只有疯子才会死于胸膜炎！"

他一边轻松愉快地吃晚饭，一边谈论着剩下的那些人："现在只有十五个了；但是他们的身体都很硬朗，是不是？生命就是这么回事；身体最弱的最先死；过了三十岁的就很有机会活到六十岁；活过六十岁的就经常能活到八十岁；活过八十岁的就几乎全都能活到一百岁，因为他们是最强壮、最谨慎、最久经考验的人。"

此后的一年里又有两个老人去世，一个死于痢疾，另一个死于窒息。D先生拿前一个人的死打趣："痢疾是不谨慎的人才会得的病！真见鬼！大夫，您本应该关注一下他的饮食卫生。"

至于那个因为窒息而死的人，那只能是源自一种心脏方面的病，一直没有很好地注意。

然而，一天晚上，医生告诉他保尔·提莫奈死了。这可是个和木乃伊差不多的人物，人们本希望用他来做这个疗养所的百岁老人广告的。

D先生像往常一样习惯地问：

"他是怎么死的？"

医生回答：

"说实话，我一点也不知道。"

"怎么，您一点也不知道？无论如何都应该知道的。他是不是早就有某种器质性病变？"

大夫摇摇头：

"没有，没有任何病变。"

"也许是有某种肝病或者肾病？"

"没有，这些都很健康。"

"您仔细观察过他的胃功能是不是正常吗？急性发作往往是由消化不良引起的。"

"没有什么急性发作。"

D先生甚感困惑，十分烦躁：

"算了吧。他总该死于什么东西吧？您认为他究竟是死于什么呢？"

医生举起双臂：

"我一点也不知道，绝对是一点也不知道。他死了，因为他死了，就是这样。"

D先生于是声音激动地问：

"这个人，他的确切年龄是多大？我不记得了。"

"八十九岁。"

小老头露出怀疑而又终于放心的神情，大呼：

"八十九岁！这么说，也不是老死的啰！……"

遗赠 *

* 本篇首次发表于一八八四年九月二十三日的《吉尔·布拉斯报》；一九五六年收入阿尔班·米歇尔出版社出版由阿尔贝-玛丽·施密特编的《莫泊桑中短篇小说集》第一卷。

塞尔布瓦夫妇沉闷地面对面坐着,快要吃完午饭了。

塞尔布瓦太太是个小个儿,金黄的头发,白里透红的皮肤,蓝眼睛,举止温柔。她头也不抬,慢吞吞地吃着,就像有一件牵肠挂肚的伤心事萦绕着她。

塞尔布瓦先生,魁梧,强壮,蓄着颊髯,一副部长或者代理商的模样,此刻也像是有些烦躁和郁闷。

他终于说话了,像是在自言自语。

"真的,这很让人惊讶!"

他妻子问:"你在说什么,亲爱的?"

"我是说沃德莱克居然什么也没给我们留下。"

塞尔布瓦太太脸红了,一下子通红了,就像有一块粉红的薄纱突然从脖颈升上来,把她的脸蒙了起来。她说:

"也许在公证人那儿有一份遗嘱。咱们现在还什么都不知道呢。"

说真的,她好像已经知道了似的。塞尔布瓦思索了一下:"是呀,有这个可能。因为,不管怎么说,这小伙子跟我们两个人是最要好的朋友。他几乎不离我们家,每两天就在这儿吃一顿晚饭。我当然知道他送给你很多礼物,好歹也算是对我们的热情好客的一种报酬。真的,谁要是有我们这样的朋友,立遗嘱的时候一定会想到我们的。可以肯定地说,要是我觉得自己病了,我会对他有所表示的,虽然你是我的当然继承人。"

塞尔布瓦太太低下了头。她丈夫在切一只小鸡,而她像一般哭泣过的人那样擤了一下鼻涕。

他接着说:"总之,很可能有一份遗嘱在公证人那儿,给咱们一小笔遗赠。我没有什么大的指望,一个纪念,仅仅是个纪念,一个心意,证明他爱过我们。"

这时他妻子有点犹豫地说:"要是你愿意,咱们吃完午饭到拉马纳尔先生那儿去一趟,就知道咱们能有什么了。"

他说:"对。这再好不过了。"

为了不让汤汁洒在衣服上,他脖子上系了一块餐巾,就像一个被斩了头但还在讲话的人,他那两鬓的美髯与白色餐巾形成鲜明的黑白反差,而他那副尊容活像富贵人家的膳食总管。

他们走进拉马纳尔公证人事务所时,职员们中间掀起一阵小小的骚动。尽管大家都非常熟悉塞尔布瓦先生,他还是认为有必要报一下自己的姓名。首席书记故作殷勤地站起来,而第二书记在偷偷地笑。

夫妇俩被引进公证人的办公室。

公证人个子矮矮的,浑身滚圆,到处都是圆滚滚的。他的脑袋就像一个球钉在另一个球上;支撑着这另一个球的两条腿又肥又短,也像两个球。

他向客人们表示欢迎,请他们坐下,向塞尔布瓦太太心照不宣地瞟了一眼,说:

"我正要给二位写信请你们来敝事务所一趟,让你们了解一下沃德莱克先生的遗嘱,因为这与二位有关。"

塞尔布瓦先生忍不住地说:"啊!我早就料到了。"

公证人接着说:

"我这就向二位宣读一下,遗嘱并不长。"

他拿起面前的一张纸,读起来:

本人，立遗嘱人保尔－埃米尔－西普里安·沃德莱克，身心健康，谨在此表达我最后的意愿。

死亡随时都可能把我们带走，预料它不久就会来临，为谨慎起见，我立下此遗嘱，存放在公证人拉马纳尔先生处。

我没有直接继承人；我将自己的全部财产，包括四十万法郎的有价证券、约六十万法郎的不动产，遗赠给克莱尔－奥尔坦丝·塞尔布瓦太太，不附加任何义务和条件。我请求她接受一个死去的朋友的这份礼物，作为他忠诚、深挚而又恭敬的感情的证明。

沃德莱克（签字）

一八八三年六月十五日立于巴黎

塞尔布瓦太太低着头，一动不动；而她的丈夫轮番地用惊愕的目光看看公证人，又看看自己的妻子。

静默了片刻以后，拉马纳尔先生又说：

"先生，当然啰，没有您的同意，太太是不能接受这份遗赠的。"

塞尔布瓦先生站起来,说:"请给我一个考虑的时间。"

公证人带着几分狡黠笑了笑,鞠了一躬:"亲爱的先生,我理解您的顾虑,这也许让您拿不定主意。社会上有时候是会有些恶意的成见。请您明天这个时候再来一趟,把您的决定告诉我,好吗?"

塞尔布瓦先生鞠了一躬:"好吧,先生,明天见。"

他彬彬有礼地告辞,让妻子挽着他的胳膊。妻子的脸现在红得像牡丹一样,头始终执拗地低着。他走出去的时候态度是那么庄严,书记们都愣住了。

他们一回到家,塞尔布瓦先生就关上门,用生硬的语调说:

"你是沃德莱克的情妇。"

他妻子正在摘帽子,猛地转过身来:

"我?啊!"

"是的,你!……没有人会把全部财产留给一个女人,除非……"

她的脸色变得煞白;她想把长缎带扎起来,免得拖到地上，而这时她的手都在颤抖。

她思量了一会儿，说："喂！你疯啦……你疯啦……你自己不是刚才还说，你不是希望他……他……他给你留下什么吗？……"

"是的，他可以给我留点什么……给我……给我……你听清了吗，而不是给你……"

她用奇怪的目光深深地探视着他的眼底，试图找出什么，却发现永远无法进入那个未知世界，那是只有在人疏忽、放松、不注意的状态下，心灵隐秘之门露出缝隙的时候才能在短暂的瞬间猜到几分的。她慢吞吞地说：

"不过，我觉得……如果……他把这样一大笔遗产……给了你，别人至少会同样觉得奇怪的。"

他就像满怀期待而又受到冒犯的人一样，突然冲动地问：

"为什么会这样？"

她说："因为……"她仿佛难以启齿似的，转过脸去，不说了。

他来回踱起大步来。然后，他宣布：

"你不能接受！"

她无所谓地回答：

"很好，那就不必等到明天啦，我们马上就可以通知拉马纳尔先生。"

塞尔布瓦先生在她面前停下。他们互相盯着，对视了好一会儿，竭力想看清对方，认识对方，了解对方，发现对方，探测到对方思想的深处。这是两个生灵的强烈而又无声的彼此叩问，他们在一起生活，但是他们从来都互不了解，而是不停地互相猜疑，互相探察，互相窥伺。

接着，他突然冲着她的脸低声说：

"那么，你承认是沃德莱克的情妇了？"

她耸了耸肩膀："你是傻瓜吗？……沃德莱克爱我，这我相信，但他从来没有得到过我……从来没有。"

他跺着脚："你撒谎。这不可能。"

她平心静气地说："可是事实就是这样。"

他又踱起步；然后，又停下来："那么，你解释给我听听，他为什么把全部财产都留给了你，留给了你……"

她不慌不忙地说："这非常简单。正像你刚才说的：除了我们，他没有别的朋友，他在我们家的时间跟在他自己家一样多，他立遗嘱的时候就想到了我们。接着，出于对女性的礼貌，他把我的名字写到纸张上，因为我的名字自然而然地来到他的笔尖下，就像他过去送礼物总是给我，而不是给你，对不对？他习惯了送花给我，每月的五日送一件小玩意儿给我，因为我们是六月五日认识的……这些你很清楚。他几乎从来都不送礼物给你；他甚至想都没想过。一般人都是把纪念品送给妻子，而不是送给丈夫；所以他就把最后的纪念品送给了我，而不是送给你，这是再简单不过的事了。"

她是那么平静，那么自然，塞尔布瓦先生不禁犹豫起来。

他接着说："不管怎么样，这都会产生很恶劣的影响。所有人都会相信有那回事。我们不能接受。"

"那么，我们就不接受，亲爱的。只不过我们的口袋里将来少一百万，如此而已。"

他就像自言自语，而不是直接对他妻子说话：

"是的，一百万 —— 不行 —— 我们会丧失名誉 —— 真倒霉 —— 他本该给我一半，给我，那样就全解决了。"

说罢，他坐下来，跷着二郎腿，就像他平常进行重要思考时那样，摸弄着颊髯。

塞尔布瓦太太已经打开她的针线筐；她取出一件刺绣活儿，一边开始做活，一边说：

"我无所谓。应该由你来考虑。"

他久久没有回答,然后才迟迟疑疑地说:

"嗨,也许有一个办法,就是通过生者之间的赠与,把遗产让给我一半。我们没有孩子,你可以这么做。用这个办法,就能堵住别人的嘴。"

她严肃地问:"我看不大出,这怎么就能堵住别人的嘴?"

他勃然大怒:"你想必是傻瓜才会这么说。我们就对人说我们每人继承了一半;事实也将是这样。我们不需要告诉别人遗嘱上写的是你的名字。"

她又用犀利的目光看着他:"随你的便吧,我都可以。"

于是他站起身,又踱起步来。他好像又有些犹豫,尽管他已经喜形于色:"不,……也许最好还是完全放弃,……这更有尊严,……不过……以这种方式,别人也无话可说,……哪怕是最爱挑剔的人也不得不承认事实。……对,这样就全解决了……"

他在妻子面前停下:"好吧,小雌鹿,如果你愿意,我就一个人再上拉马纳尔先生那儿去一趟,请教请教他,把这件事跟他解释解释。我就对他说,为了能名正言顺,不让别人说闲话，你觉得最好这样做。既然我接受了这笔遗产的一半，很显然我对自己所做的事有把握，我知道是怎么回事，我知道这件事干干净净、堂堂正正。这就如同我对你说：'亲爱的，你也接受吧，既然我，你的丈夫，接受了。'否则的话，真的，就不妥当了。"

塞尔布瓦太太只是说了句："随你的便。"

他接着说——他现在说起话来滔滔不绝了："是的，平分这份遗产，事情就很容易解释了。我们继承了一个朋友的遗产，这位朋友不愿意在我们两人中间厚此薄彼，他不愿意给谁特殊的待遇，他不愿意像是在说：'我死后和生前一样，喜爱这个人胜于那个人。'你要相信，如果他想到了这一点，他一定也会这么做的。可是他没有考虑，他没有预想到后果。你说得很对，他过去总是送礼物给你。他想把他最后的纪念品送给你……"

她有点不耐烦，打断他的话："就这么办。我也明白了。你用不着做这么多的解释。马上到公证人那儿去吧。"

他脸红了，突然感到有些难为情，结结巴巴地说："你说得对。我这就去。"

他拿着礼帽，走到她身边，一边伸过嘴唇来亲吻她，一

边轻声说:

"待会儿见,亲爱的。"

她把额头伸过去,收到一个重重的吻,同时被两簇大颊髯戳得脸痒痒的。

然后,他就喜滋滋地走出去。

而塞尔布瓦太太呢,任手上的活儿掉在地上,哭起来。

健康旅行 *

* 本篇首次发表于一八八六年四月十八日的《小报》的增刊；一九五六年收入阿尔班·米歇尔出版社出版由阿尔贝－玛丽·施密特编的《莫泊桑中短篇小说集》第一卷。

帕纳尔先生是个胆小怕事的人，生活里的一切他都怕。他怕瓦片掉下来砸着，怕摔跤，怕乘出租马车，怕坐火车，怕一切可能发生的意外，尤其是怕生病。

他非常有远见，认定我们周围的一切时刻都在威胁我们的生存。看到一个台阶，他就会联想到扭伤以及折断的胳膊和腿；看到一扇玻璃窗，他就会联想到可怕的玻璃划伤；看见一只猫，他就会联想到被抓瞎的眼睛。他在生活中是那么谨慎小心，事事都要三思而行，不慌不忙，务求万无一失。

他常对他的妻子说："你想想呀，我亲爱的，一丁点儿小事就能把一个人弄残废甚至毁灭了。想到这里就让人胆战心惊。人出门的时候还是好好的，穿过一条街的时候，一辆马车过来，从他身上轧了过去；或者在一个过车的大门洞底下，跟一个朋友聊了五分钟，不知不觉中一小股穿堂风顺着你的脊背上去，就让你患上肺炎。这就够了。你就已经完蛋了。"他妻子是个善良的女人，对他的怪想法深信不疑。

他对报纸上"公共卫生"栏的文章尤其关注；平时在不同季节的正常死亡人数，各种流行病的发展和变化，它们的症状，它们可能持续的时间，以及预防、阻止和医治的方法，他都一清二楚。他还有一批医学藏书，从事知识普及而又有实践经验的医生们为大众写的有关治疗的书，他应有尽有。

他相信过拉斯帕依[①]的理论，相信过顺势疗法[②]、剂量测定疗法[③]、金属敷贴疗法[④]、电疗法[⑤]、按摩疗法[⑥]，相信所有

[①] 拉斯帕依：弗朗索瓦-万桑·拉斯帕依（1794—1878），法国生物学家、医生和政治家，微生物的发现者。在其通俗的医学著作《健康与疾病的自然史》（1843）和《健康手册》（1845）中提倡大众保健，指出寄生虫是许多疾病的根源，主张使用以樟脑为主的药品。他的简单经济的治疗方法曾广受欢迎。
[②] 顺势疗法：由德国医生萨缪尔·哈内曼（1755—1843）创立的一种疗法，其理论基础是"同样的制剂治疗同类疾病"，意思是为了治疗某种疾病，需要使用一种能够在健康人中产生相同症状的药剂。
[③] 剂量测定疗法：由比利时医生阿道尔夫·比尔格拉夫（1806—1902）在一八七〇年发明的治疗方法，次年传入法国，该方法主要在于使用活性物质，特别是生物碱性活性物质，并且严格地计算剂量。
[④] 金属敷贴疗法：由法国医生维克多·比尔格（1822—1884）首次使用，将金属片贴在患者身上，并服用金属溶液，主要治疗神经官能症等。
[⑤] 电疗法：一八八一年曾有一种直流电疗器推出。十九世纪八十年代电疗法在法国盛行一时。
[⑥] 按摩疗法：这种治疗方法在当时已由土法按摩师的操作进入正式医生的科学运用阶段。

据说可以在半年时间里包治百病的疗法。而今天,他对自己的信念略有改变,他明智地想,避免疾病的最好方法还是逃避疾病。

去年初冬,帕纳尔先生从报上得知巴黎遭到轻微的伤寒流行病的袭击,立刻大为不安,这种不安的情绪很快就变成了无法摆脱的心病。他每天早晨都要买两三份报纸,对其中互相矛盾的信息取个折中;他很快就深信他住的这个街区情况特别严重。

于是,他去找他的医生,请医生给他出主意。他该怎么办? 留下还是离开? 尽管医生给他的回答也是闪烁其词,帕纳尔先生还是得出确有危险的结论,决定马上出发。他回家便跟妻子商议。他们去哪儿呢?

他问:

"你看,亲爱的,咱们是不是最好到波城①去?"

她想去看看尼斯,便回答:

---

① 波城:法国城市,今为新阿基坦大区比利牛斯大西洋省省会,冬季疗养胜地。

"听说那儿比较冷,因为离比利牛斯山近。戛纳[①]想必更安全,既然奥尔良家族[②]的亲王们都去那儿。"

这番推理说服了她的丈夫。然而他还是犹豫了一会儿。

"对。不过地中海这两年都闹霍乱。"

"啊! 亲爱的,冬季从来没有。你想呀,全世界的人都聚集到那个海岸。"

"这,倒是真的。不过无论如何要带上消毒剂,别忘了把我的旅行药箱补充一下。"

一个星期一的早晨,他们出发了。到了火车站,帕纳尔太太就把她丈夫个人的箱子交给他。

"拿着,"她说,"里面都是你保健用的东西,全整理好了。"

"谢谢,亲爱的。"

他们上了火车。

帕纳尔先生读过许多有关地中海疗养场所的著作,都是

──────────

① 戛纳:法国东南部濒临地中海城市,位于今普罗旺斯-阿尔卑斯-蓝色海岸大区滨海阿尔卑斯省。
② 奥尔良家族:法国波旁王族的一支。该家族的路易-菲利普公爵在一八三〇年七月革命后取得王位,建立七月王朝,也叫奥尔良王朝。

沿岸各城市的医生写的,对本地的海滩都极口称赞,而对别处都嗤之以鼻;他先是莫衷一是,最后决定去圣拉斐尔①,唯一的原因就是:他在该地拥有房产的重要人物的名单里,发现了巴黎大学医学院好几位教授的大名。

如果连他们都住在那儿,那个地方肯定安全。

他们在圣拉斐尔下了车,就直接前往他在《萨尔蒂指南》②里看到名字的一家旅馆,这本指南是这一带冬季疗养场所的"孔蒂"③。

可是新的忧虑已经在困扰着他。还有什么比旅馆更不安全的呢? 尤其在一个肺病患者向往的地方。有多少病人,什么样的病人,在这些床垫上、被窝里、枕头上睡过,他们的皮肤,他们的气味,他们的热病,在毛毯上、鸭绒被里、

---

① 圣拉斐尔:法国南部城市,濒临地中海,冬季疗养胜地,今属普罗旺斯-阿尔卑斯-蓝色海岸大区瓦尔省。
② 《萨尔蒂指南》:一种旅行指南,作者圣克莱芒夫人,署名莱翁·萨尔蒂。全称《地中海沿岸的疗养地及邻近地区》,分六卷,分别为:《马赛》《从马赛到戛纳》《从戛纳到尼斯》《昂蒂布》《从尼斯到摩纳哥》《从摩纳哥到圣雷莫》。
③ 孔蒂:指法国文人阿莱克西-亨利·德·孔蒂编写的一系列旅行指南,分"实用指南""通俗指南"和"环游指南"。

床单上留下千千万万肉眼看不见的细菌呢？他怎么敢躺在这些可疑的床上呢？想到几天前有个人在同一张床上奄奄一息，他就要做噩梦，他怎么能睡得安呢？

这时他突然有了一个主意。他要了一个朝北的房间，完全朝北的房间，见不到一点阳光，肯定没有一个病人会在那儿住过。

人家给他打开了一个很大的冰冷的套房，一望可知绝对安全，因为看上去那么冷，根本没法住人。

他让人点着了炉火。然后，人家把他的行李也搬了上来。

他快步地来回踱了几趟，想到有着凉感冒的危险，不免有点不安。他对妻子说：

"你看，亲爱的，这种地方的危险，就是住很少有人住过的清冷的房间，在这种房间里会生病。麻烦你把我们的箱子都打开。"

她开始把箱子里的东西都拿出来，放进衣橱和五斗柜；这时正在踱步的帕纳尔先生戛然止步，像一条狗嗅出猎物的气味一样使劲地闻起来。

他突然神色慌乱，又说：

"这里……闻得到……闻得到病人的气味……闻得到

药味……我可以肯定闻到了药味……毫无疑问，这个房间里住过一个……一个……一个患肺病的人。你没闻到吗？说呀，亲爱的？"

帕纳尔太太也闻了起来。她回答：

"是的，闻到了一点……一点……我辨不出是什么气味，总之是药的气味。"

他冲向铃绳，拉响了铃。侍者来了：

"麻烦您，马上请老板来一下。"

老板几乎立刻就来了，嘴角挂着笑容，热情致礼。

帕纳尔先生盯着他的脸看着，语调生硬地问他：

"最后在这儿住过的那个旅客是什么人？"

旅馆老板起初有些莫名其妙，琢磨着这位客人的意图、想法和疑问；但总归还是要回答，而且几个月来这个房间的确没有住过别人，他回答：

"是德·拉罗什－利莫尼埃尔伯爵先生。"

"啊！一个法国人啰？"

"不，先生，一个……一个……一个比利时人。"

"啊！他身体好吗？"

"好，也可以说不好，他到这里的时候病得很重；不过他离开的时候完全治好了。"

"啊！他得的什么病？"

"身上疼。"

"哪儿疼？"

"嗯……是肝疼。"

"很好，先生，我谢谢您。我本打算在这儿住一段时间，不过我现在改主意了。我和帕纳尔太太一会儿就走。"

"可是……先生……"

"不必多说了，先生，我们走定了。请把账单送来：马车费、客房费和服务费全算上。"

老板不知所措，只得走了。帕纳尔先生对妻子说：

"哎，亲爱的，我揭穿他了吧？你看见他多么吞吞吐吐……疼……疼……是肝疼……让你的肝疼见鬼去吧！"

帕纳尔夫妇夜里到达戛纳，吃过晚饭就立刻睡下。

不过，他们刚躺到床上，帕纳尔先生就惊呼起来：

"哎，气味，这一次，你闻到了吧？不过……不过这次是石炭酸的气味，亲爱的，……这套房间消过毒。"

他从被窝里蹿出来，迅速穿上衣服；这时叫人来时间已经太晚了,他当即决定在一张扶手椅上过夜。帕纳尔太太,尽管丈夫一再求她,就是不肯照他的样做,她留在被窝里睡得很香,而他却一直咕哝抱怨腰酸背痛:

"什么地方呀!多可怕的地方!所有这些旅馆里都只有病人。"

天一亮,老板就被找来。

"最后一个住过这个套房的是什么人?"

"是巴登①和马格德堡②大公,是……是……俄国皇帝的一个表兄弟,先生。"

"啊!他身体好吗?"

"很好,先生。"

"非常好?"

"非常好。"

"这就够了,老板先生;我和太太中午就动身去尼斯。"

"随您的便,先生。"

---

① 巴登:法国东南部濒临地中海重镇,位于今普罗旺斯-阿尔卑斯-蓝色海岸大区滨海阿尔卑斯省。

② 马格德堡:德国城市,萨克森-安哈尔特州的首府,该州仅次于哈雷的第二大城市。

老板气嘟嘟地退去。帕纳尔先生对帕纳尔太太说：

"哎！这个人真会演戏！他甚至不愿意承认他那个房客有病！有病！啊，对！有病！我可以肯定地跟你说，这个家伙，他已经死了！你说，你闻到石炭酸的气味了吗？闻到了吗？"

"闻到了，亲爱的。"

"这些旅馆老板，真是无赖！甚至没有病！甚至没有病！他的那具死尸，真是无赖！"

他们坐上一点半的火车。气味一直跟到他们车厢里。

帕纳尔先生十分惶恐，一直嘀咕着："还是能闻到。想必是当地采取的一种公共卫生措施。很可能是根据医生们和市政当局的要求，正在用石炭酸调的水喷洒街道、地板和车厢。"

但是当他们到达尼斯的旅馆时，气味强烈得简直让人无法忍受了。

帕纳尔惊慌极了，他在房间里转来转去，打开所有的抽屉，查看每个阴暗的角落，在每一件家具里搜寻。他在带镜子的衣橱里发现一张旧报纸，随意看到一段，就读起来："有人就我市卫生状况散布的一些恶意传言是毫无根据的。尼斯及其市郊均未发生过任何一起霍乱病例。……"

他吓了一大跳,嚷道:

"帕纳尔太太……帕纳尔太太……是霍乱,……霍乱,……我早就料到了,……别打开箱子,……我们立刻就回巴黎,……立刻。"

一个小时以后,他们在令人窒息的石炭酸气味的包围中,又坐上快车。

一回到家,帕纳尔认为最好服几滴强力抗霍乱药水,于是他打开那个装着药品的箱子。一股呛人的气体从里面散发出来。他的装石炭酸的小药瓶碎了,洒出的液体把箱子里的东西全烧坏了。

他妻子见状,疯狂大笑,喊叫道:"哈!哈!哈!……亲爱的……在这里……你的霍乱在这里!……"

一个旅行者的笔记*

* 本篇首次发表于一八八四年二月四日的《高卢人报》；一九〇八年首次收入路易·科纳尔出版社出版的莫泊桑全集《山鹬的故事》卷。

七点钟。一声汽笛拉响,我们出发了。列车带着戏台上狂风暴雨的响声经过枢纽;接着,它便喘着大气,吐着蒸汽,钻进黑夜,红色的火光照亮了墙壁、篱笆、树林和田野。

隔间里点着一盏油灯。我们一共是六个人,每张长椅上三个。我的对面是一对老夫妻:一个胖太太和一个胖先生;一个驼背人占据了左边的那个角落。我的旁边是一对年轻夫妻,或者至少是一对年轻伴侣。他们结婚了吗?那少妇很美,看上去还朴素,就是香味太浓。用的什么香水?我闻到过,但是说不准。啊!我想起来了,是"西班牙皮[①]"。不过这也说明不了什么。咱们等着瞧吧。

---

① 西班牙皮:一种由花油和香料油制成的香水,传统上用于给皮革加香,也用作女性香水和调味菜肴。

胖太太带着敌意的神情盯着那个年轻女子,让我琢磨起来。胖先生闭着眼。这就睡上了!驼背人蜷成了一团,我已经看不到他的腿在哪儿,只能看到带红色流苏的希腊无边圆帽下面他闪亮的目光。接着他就钻到旅行用的毯子里,就像扔在长椅上的一个小包袱。

只有老太太保持着清醒,满脸狐疑,紧张不安,像个负责监督车厢秩序和风尚的守卫。

两个年轻人一直一动不动,合用一条披巾裹着膝盖,睁着眼睛,一言不发。他们结婚了吗?我也装着睡觉,窥伺着。

九点钟。胖太太快要挺不住了,一下一下地眨巴着眼睛,头向胸脯上耷拉着,时而一惊一乍地抬一下。行了。她终于睡了。

啊!睡眠,这可笑的神秘剧,赋予面孔最滑稽的相貌,你是人类丑陋的泄密者。你把人类的缺陷、畸形和弊病暴露无遗!只要被睡意碰一下,人脸立刻就会变成一幅漫画!

我站起来,摊开一幅蓝色的薄纱蒙在油灯的灯罩上。我也昏昏入睡了。

时不时,列车停站的声音把我弄醒。一个铁路员工呼喊着城市的名字。然后我们又出发。

东方露出了曙光。我们沿着罗纳河往南,向地中海前进。所有人都在睡觉。年轻人已经互相搂抱着。年轻女子的一只脚从披巾里露出来。她穿着白袜子!这很普通,他们一定是结婚了!隔间里气味不好闻。我打开一个窗户换换空气。凉气唤醒了所有的人,除了那个驼背人,他还在毯子下面鼾声如雷。

在初升的太阳的亮光下,面孔的丑陋更加鲜明。

胖太太,脸通红,头发乱糟糟的,很可怕,用凶狠的目光环顾着周围的人。年轻女人微笑着,看着她的伴侣。如果她没有结婚,她就会先照照镜子了!

马赛到了。停车二十分钟。我吃了早餐,我们又出发。少了驼背人,多了两个老先生。

两个家庭,新老两对夫妻,这时打开了他们的食品袋!

这边是童子鸡,那边是冷牛肉,纸卷里包着盐和胡椒粉,手绢里裹着醋渍小黄瓜,全是些让您永远倒胃口的食物!有其他旅客在的时候大吃大嚼,我不知道有比这更低级、更粗俗、更失礼、更没有教养的事了。

如果天寒,那就快打开窗户!如果天热,那就把窗户关上!使劲抽烟斗,即使您怕烟呛;唱歌,吼叫,干最让人不舒服的怪事，脱掉鞋袜，剪脚指甲。总之，对这些不讲礼貌没有教养的邻人，就要尽量以其人之道还治其人之身。

有远见的人会随身带一小瓶汽油或者石油，有人在你身边吃东西的时候，立刻撒一点在坐垫上。对付用他们的粗劣食物的气味毒害您的乡下人，一切都是允许的，一切都不为过。

我们沿着蓝色大海前进，阳光像倾盆大雨般落在岸边密布的一个个诱人的城市上。

这里是圣拉斐尔，那里是圣特罗佩①，这个人称"摩尔山区"的僻静的、世外仙境般的国度的小小首府。阿尔让斯河②，一条没有一座桥的大河，把荒野的半岛和陆地分开。在这半岛上走一天也遇不到一个人，高踞山顶的村庄仍然和从前一样，保留着它们的东方式房屋，它们的拱廊，它们的雕花的拱形矮门。

---

① 圣特罗佩：法国城市，濒临地中海，位于今普罗旺斯－阿尔卑斯－蓝色海岸大区瓦尔省。
② 阿尔让斯河：一条法国沿海河流，其流域完全在普罗旺斯－阿尔卑斯－蓝色海岸大区瓦尔省境内，注入地中海。

没有一条铁路、没有一辆驿车闯进这些郁郁葱葱的美妙的小山谷。只有一辆带"耶尔[①]开往圣特罗佩"字样的老掉了牙的公共马车。我们继续前行。现在是戛纳，它静卧在两个海湾的岸边，是那么优美。对面的莱兰群岛[②]，如果能和陆地连接起来，真可谓病人的两个天堂。

这里是儒昂湾[③]，装甲的舰队仿佛在水面上安睡。

尼斯到了。人们似乎正在把这座城市变成博览会。咱们去看看。

我们沿着一条看来像沼泽地的林荫大道走，来到一片高地，上面有一幢建筑，品味颇可怀疑，很像是一个微缩的特洛卡代罗宫[④]。

里面有几个游客在随处乱放着的许多箱子中间走动。

[①] 耶尔：法国城市，濒临地中海，今属普罗旺斯－阿尔卑斯－蓝色海岸大区瓦尔省。
[②] 莱兰群岛：由地中海上离岸不远的圣玛格丽特岛和圣奥诺拉岛组成，今属普罗旺斯－阿尔卑斯－蓝色海岸大区滨海阿尔卑斯省。
[③] 儒昂湾：法国沿地中海的一个海湾，在昂蒂布和戛纳之间。
[④] 特洛卡代罗宫：为一八七八年巴黎世界博览会而建的庞大建筑，兼具摩尔和拜占庭风格，两侧各有一个塔楼；一九三五年为迎接一九三七年巴黎世界博览会而拆除。

博览馆早已开幕,但是大概明年才能准备好。

万事齐备以后,里面肯定很美观。不过……还早着呢。

有两个部分让我特别感兴趣:"食品馆和美术馆"。啊!这儿有很多格拉斯[1]的糖渍水果,糖衣果仁,上千种好吃的东西。……可惜……不能卖……只能看……而这样做是为了不损害当地的商家!展出那么多糖果仅仅为了饱饱眼福,连尝尝也不行,在我看来这肯定是人类头脑最卓越的发明之一。

美术馆还在……准备之中。不过有几个展厅已经开放,在里面可以看到阿尔皮尼[2]、吉勒梅[3]、勒普瓦特万[4]的出色

---

[1] 格拉斯:法国城市,临近地中海,以生产香料著称,今属普罗旺斯-阿尔卑斯-蓝色海岸大区滨海阿尔卑斯省。

[2] 阿尔皮尼:全名昂利·阿尔皮尼(1819—1916),法国巴比松画派的风景画家、水彩画家和雕刻家。

[3] 吉勒梅:全名让-巴蒂斯特-安托万·吉勒梅(1843—1918),法国巴比松画派的风景画家,写实派画家,珂罗和马奈的门徒,又被视为塞尚的老师,主要作品有油画《十二月的贝尔西》《维莱尔海滩》等。

[4] 勒普瓦特万:全名路易·勒普瓦特万(1847—1909),法国画家,莫泊桑的表兄,他的父亲阿尔弗雷德·勒普瓦特万是莫泊桑的舅父也是莫泊桑的姑父。

的风景画；一幅库尔图瓦①的惟妙惟肖的阿丽丝·勒纽②小姐画像；一幅贝娄③的生趣盎然的油画，等等。至于其他嘛……就要等待拆包了。

既然开始参观了，那就全部都参观到，我想领略一下自由升空，便向戈达尔④先生公司的气球走去。

密史脱拉风⑤呼啸着。气球令人不安地摇摆着。接着是一声巨响，是拢住气球的绳子断了。禁止观众进入场地了。我也同样被挡在门外。

我便爬到我的马车上去看。

接连不断地有系着气球的绳子崩断，发出奇怪的响声。气球棕色的皮块争相从网眼里往外挤。接着，在一阵更猛烈

---

① 库尔图瓦：全名居斯塔夫·库尔图瓦（1852—1923），法国画家。
② 阿丽丝·勒纽：本名奥古斯蒂娜－阿莱克桑德丽娜·图莱（1849—1931），法国艺术家和名媛。
③ 贝娄：全名让·贝娄（1849—1935），法国市民生活画家。
④ 戈达尔：全名欧仁·戈达尔（1827—1890），法国气球飞行家，一生建造过十八个蒙戈尔菲耶式热气球、五十个瓦斯气球，在十个国家乘气球飞行一千五百次。
⑤ 密史脱拉风：法国南部及地中海上刮的干旱而强烈的西北风或北风，名字源自古拉丁语 magister（主宰者）。

的狂风里，巨大的飞球从下到上裂了一个口子，像一块割破了、泄了气的松垮的帆布一样掉在地上。

第二天醒来的时候，我让人送来本城的报纸，惊讶地读到这样的描述：

"目前在我沿海地区肆虐的风暴[①]，迫使尼斯市系留及放飞气球管理局对它那个大气球做撒气处理，以免发生意外事故。

"戈达尔先生使用的即刻撒气系统是他的最卓越的发明之一。"

哎呀！哎呀！哎呀！

善良的老百姓呀！

整个地中海沿岸都变成了药剂师的加利福尼亚。必须是十倍的百万富翁才敢在这些以钻石的价格卖枣糊的富丽堂皇的商家那里买一小盒祛痰药。

人们可以沿着大海，通过一条峭壁上的道路，从尼斯走

---

① 一八八一年一月底，法国尼斯一带确曾发生过一次可怕的风暴，该月三十日《吉尔·布拉斯报》报道："一月二十八日尼斯电，由于暴风，戈达尔先生的气球在下午一点钟爆裂，没有伤亡。"

到摩纳哥①。

没有比这条在岩石里凿出来的环绕海湾的道路更壮观的了。它在隧拱下穿行，在群山的腹部，在美不胜收的景致中蜿蜒伸展。

这里是悬崖上的摩纳哥；后面，是蒙特卡洛②……嘘！……喜爱赌博的人，我理解他们一定会热爱这座漂亮的小城。但是对不喜欢赌博的人来说，它是多么沉闷和扫兴！这里找不到任何其他的乐趣、其他的消遣。

再往前走是芒通③，这条海岸上最暖和的地方，也是病人最常来的疗养胜地。这里，宜于橙子的成熟，也宜于肺病患者的治疗。

我乘夜车回夏纳。我的隔间里有两个太太和一个马赛的先生；这位先生喋喋不休地对两位女士讲着铁路上发生的悲

---

① 摩纳哥：欧洲的一个城市和公国，位于阿尔卑斯山脉伸入地中海的悬崖上，是著名的赌城。
② 蒙特卡洛：摩纳哥一个赌场集中的市区。
③ 芒通：法国城市，离法国和意大利边境不远，濒临地中海，今属普罗旺斯－阿尔卑斯－蓝色海岸大区滨海阿尔卑斯省。

剧，有凶杀案也有盗窃案。

"……我认识一个科西嘉人，夫人，他跟他的儿子一起去巴黎。我说的是很久以前的事了，那是 P.-L.-M.①刚开通的时候，我跟他们一起上的车，因为我们是朋友，我们一起出发。儿子有二十岁，他很好奇，一直趴在窗口，看火车飞驰，看得没够。他父亲不停地对他说：'喂！当心呀，马泰奥，别太往前伸，你会碰伤的。'但是那男孩根本不理他。

"'嗨，随他去，只要他觉得好玩。'我说。

"但是父亲又说：

"'喂，马泰奥，别这么把身子伸得太远。'

"因为儿子仍然不理他，他就揪住他的衣裳，想让他缩回车厢里来。他用力一拉。

"他儿子的身体便落在他的腿上。但是没有头了，太太……头被隧道削掉了。……脖子已经不流血。因为血都在路上流干了……"

一位女士长叹一声，闭上眼睛，倒在另一位女士的身上。她失去了知觉……

---

① P.-L.-M.：巴黎—里昂—地中海铁路的简称。

回忆 *

* 本篇首次发表于一八八四年三月二十三日的《高卢人报》;一九五七年首次收入阿尔班·米歇尔出版社出版由阿尔贝－玛丽·施密特编的《莫泊桑中短篇小说集》第二卷。

我亲爱的索菲:

不,我今年春天不来巴黎了。我待在家里,就像你说的,待在自己的窝里。我感觉自己就像那些衰老的兽类,它们不再走出自己的巢穴,因为一切都让它们厌倦,一切都让它们恐惧。我不再是对什么都好奇、追求欢乐和新的愉悦的年龄了。我只保有一些从前的乐趣,我的欢乐仅仅来自于放弃。就像年轻人生活在希望中一样,我生活在回忆中。

你还记得圣勃夫①先生的一句诗吗,我们一起读过的,它还深深地留在我的心里,因为这些诗句向我道出那么多的东西,它们经常支撑我可怜的心!

---

① 圣勃夫:全名夏尔-奥古斯丁·圣勃夫(1804—1869),法国文学批评家、作家。文中所引的这句诗出自他的诗集《安慰集》(1830)中的第八首诗。

出生，生活，死亡，全在同一座房子里。

这座房子，我再也不离开它，我在这里出生，在这里生活，也希望在这里死亡。这里并不是每天都喜气洋洋，但是这里温暖，因为我在这里被记忆包围着。

我只有去女儿家的一两个月里才离开这座房子。然后，就是朱莉来看我。其他时间，我就一个人待在这里。这让你惊讶，是不是？能够这样生活，独自一人，完全地独自一人，你还要什么呢？我被熟悉的东西包围着，对它们那么了解，在我看来它们就像些活人，不停地对我说着我一生中的各种事情，说着我的家人、死去的人和远在他乡的活着的人。

我看书已经看得不多了。我老了。但是我不停地想象，或者说我梦想。啊！我并不是像从前那样梦想。你应该还记得我们那些疯狂的想象，我们二十岁的头脑里设想出的种种奇遇，以及隐约想见的各种幸福的前景。

这一切全都没有成为现实。或者说实际上发生的是另一些情况，不那么迷人，不那么富有诗意，但是对勇于诚实地接受人生的人来说也足够了。

你知道我们女人，我们为什么经常是这么不幸吗？那是因为我们年轻时人们让我们对幸福过于轻信。我们从来没有接受过准备拼搏和受苦的思想教育。于是，一受到打击，我们的心就碎了。

我们总敞开心扉，等待幸福事件像瀑布一样汹涌而至。可是到来的只是好坏参半，我们立刻就呜咽啜泣。幸福，真正的幸福，我已经学会了认知它。它绝不存在于突然而至的巨大欢乐里，因为巨大的欢乐是罕见而且短暂的，而且就像黑夜里的闪电一样，一旦过去，会让你的心灵感到更加阴暗。真正的幸福，仅仅存在于许多永远不会到来的欢乐的静静耐心的等待中。

幸福，就是等待，对幸福的等待；信心，就是充满希望的前景，就是梦想！

是的，我亲爱的，只有梦想是美好的，我几乎所有的时间都在做这件事。只不过，现在，我不是梦想未来，我梦想以往。

我坐在我的炉火前，坐在一个对我这把老骨头来说是温柔的扶手椅里，慢慢地回到被我留在路上的事情、事件和人物中去。

人的一生是多么短暂啊，尤其是那些整个一生都在同一个地方度过的人生。

出生，生活，死亡，全在同一座房子里。

记忆是叠在、挤在一起的。人到老年时，会觉得就好像年轻只是十天前的事。是的，一切都一溜而过，就好像一个白天：早上，中午，晚上。接着黑夜就来了。

我一个小时接着一个小时地看着炉火，过去就像昨天一样再现。梦想带着你走，你不再知道自己是在哪里；你重新穿越你的整个一生。

我经常有一种幻觉，觉得自己还是个小姑娘，因为我感到那么多昔日的气味，年轻的感觉，甚至是冲动，孩童的心跳，十八岁时的全部活力，又回来了；我又看到许多忘记了的景象，清楚得就像新的现实一样。

啊！我脑海里突然闪现的少女时代的那些散步的情景，尤其让我感动。一天晚上，坐在炉火前，我的扶手椅里，我竟然惊奇地重见我还很年轻时，在布列塔尼的一个海滩上看到过的一次落日。我可以肯定，我早已把它忘记了，它却突然无缘无故地回到我的眼前,也许是一根没烧尽但依然红着的柴枝的微火,在我的记忆中唤醒了那天晚上燃遍天际的巨大光辉的幻象!我全都记起来了:那景象,我的连衣裙,甚至一些极其微小的细节,例如我几天前手指上留下的一个小伤口,而且这么真切,我以为还有点痛呢。我还闻到了潮湿的沙子那带有咸味、含有水分的清新的气味;同样的年轻而又富有诗意的兴奋让我激动得战栗。我当时的所有感觉成群而又分明地向我涌来,连同我所有刚刚显露的意愿和模糊的希望。我深深地吸着迎面吹来的海上的空气。是的,真的,我有几分钟时间回到了十六岁。

你也许知道,也许不知道,我亲爱的索菲,我们家是什么也不毁弃的。我们顶楼有一个放杂物的大房间,大家都叫它"仓房",凡是没用的东西都往里扔。我经常上去,东看看西看看。我有时会发现许多微不足道的东西,我已经早把它们忘记了,它们却让我想起许多往事。我说的不是那些朋友般的精美家具,我们从小就认识、和一些欢乐或伤心的事件、和一些历史性日期的记忆联系着的家具;不是那些和我们的生活密切相关,因而具有一种特殊身份和性质的家具;

这些家具已经成为我们美好或阴暗时刻的无声伙伴。我说的是我在这些杂物中找到的用过的小东西，在我们身边搁置了四十年未引起注意的无足轻重的陈旧的小物件；它们在这样的情况下又被看到，突然具有了一种重要性，具有了旧时的见证、被遗忘而又重逢的老友的意义。

这也许都是些幼稚无聊的事；但老人的生活就是由这些幼稚无聊的事构成的。在巴黎，你们生活的节奏那么快，甚至没有时间体味生活。我不知道你是否理解我的意思。你们只想着做生意，出去玩。你们甚至没有空闲发愁，没有空闲想不愉快的事，没有空闲感觉时光流逝，没有空闲看一个个事件如何过去，就像我们从窗口看落叶一样。

你们对每件事几乎没有一点想法，对死去的人几乎没有一点遗憾，对过去的时间几乎没有一点记忆，几乎没有一点深挚的感情。你们缺少时间。你们要准备出访待客，不能忘了上街办事，还要订货和购物。你们下了出租马车就登上有轨电车。如果有一刻钟可以支配，你们就步行一小段换换空气。接着你们回家，不过已经迟了，因为你们在这里耽搁五分钟，在那里耽搁五分钟。由于从早到晚总是延误，你们永远没有回忆从前所必需的宁静的时间。

我呢，我用很多时间回忆，既然除此以外我无事可做。想到你的召唤需要我做的所有那些运动，我恐惧得毛骨悚然。

所以，今年春天我一动不动。再说，你也看得到，我是那么衰老，我害怕。就像圣勃夫所说，我宁愿 ——

出生，生活，死亡，全在同一座房子里。

你一定不会怪我。

德尔菲娜